Chères lectrices,

Quoi de mieux
pour profiter de ce
choisi pour vous q
sont si craquants, s
Lisa, Iona et Tess, vous ne manquerez pas de vous attacher à eux…

Le premier, *L'amant de Tolède* (N° 2221), que Jillian rencontre lors d'un voyage en Espagne, possède une personnalité déroutante aux yeux de la jeune femme, qui est son exact opposé. Saura-t-elle entretenir leur merveilleuse complicité, une fois l'été terminé ?

La princesse des sables (N° 2222), prénommée Lisa, se retrouve elle aussi transportée bien loin de son univers quotidien : dans une oasis perdue en plein désert, sur les terres du très puissant cheikh Tuareg al Shaldor, un homme qui, malgré ses manières de macho, l'attire irrésistiblement…

Quant à la rencontre de Daniel et d'Iona, héros de *La surprise du bonheur* (N° 2223), elle tient du conte de fées. En effet, le riche architecte se sent prêt à remuer des montagnes pour cette future maman célibataire qu'il recueille chez lui… sans rien espérer en retour ?

Enfin, le dernier ouvrage de cette sélection de printemps vous révélera le secret de Tess, prête à tout *Pour l'amour d'un cow-boy* (N° 2224) qui, à son grand désespoir, semble bien décidé à lui résister !

Bonne lecture,

La responsable de collection

La princesse des sables

BARBARA McMAHON

La princesse des sables

COLLECTION HORIZON

éditions Harlequin

Cet ouvrage a été publié en langue anglaise
sous le titre :
RESCUED BY THE SHEIKH

Traduction française de
SOPHIE BOUILLOT

HARLEQUIN®

est une marque déposée du Groupe Harlequin
et Horizon® est une marque déposée d'Harlequin S.A.

83-85, boulevard Vincent-Auriol, 75013 PARIS — Tél. : 01 42 16 63 63

Service Lectrices — Tél. : 01 45 82 47 47

www.harlequin.fr

ISBN 978-2-2808-0842-2 — ISSN 0993-4456

1.

Lisa Sullinger arrêta la jeep devant le vieux bâtiment et coupa le moteur. Le silence était total. Cela faisait maintenant six semaines qu'elle était à Moquansaid et elle adorait ces journées, où elle partait explorer seule les environs. Elle avait alors l'impression que la campagne sauvage lui révélait des secrets vieux de plusieurs siècles. Avec sa terre d'ombre naturelle, ce pays semblait sans âge. Ici, les paysages n'avaient rien à voir avec ceux qu'elle avait pu photographier aux Etats-Unis. Ce pays avait quelque chose de spécial.

Elle regarda la maison abandonnée avec fascination.

La structure en terre cuite était le seul bâtiment visible à des kilomètres à la ronde. Au loin, on distinguait les montagnes qui se détachaient dans le ciel bleu et dont les flancs étaient émoussés par les vents continuels. A plusieurs kilomètres derrière elle se trouvait le site archéologique sur lequel elle travaillait. Mais aujourd'hui, elle était de repos et en profitait une fois de plus pour explorer le pays.

Sortant de la jeep, la jeune femme prit son appareil photo et son sac. Ses grosses chaussures et son jean lui tenaient chaud mais la protégeaient du sable. Son haut un peu lâche était sa seule concession à la chaleur. Malgré sa présence ici depuis plusieurs semaines, elle n'était pas encore habituée aux températures constamment élevées. A Seattle, l'air était plus frais et beaucoup plus humide.

La végétation était rare. Quelques broussailles essayaient de pousser près de la porte ouverte et de rares touffes d'herbe apparaissaient sporadiquement. Regardant autour d'elle, elle chercha une source d'eau. Elle avait rapidement compris que rien ne survivait sur cette terre aride sans une réserve d'eau constante. Il devait y avoir quelque part un puits ou une source, sans quoi personne n'aurait construit de maison ici.

Un escalier extérieur menait au toit plat du bâtiment. Il n'y avait pas de vitres aux fenêtres. Les murs épais gardaient l'intérieur constamment frais et les espaces ouverts servaient de ventilation. Lisa savait qu'elle trouverait un sol en terre et quasiment aucun objet ayant appartenu aux anciens habitants. La porte de bois était grande ouverte. Elle jeta un œil à l'intérieur de la maison. La pièce semblait sombre en comparaison avec la lumière éblouissante du soleil de l'après-midi. Ses yeux s'habituèrent progressivement à l'obscurité. Des tas de sable s'amoncelaient dans les coins. Il n'y avait aucun meuble. Elle visita les trois pièces de la maison, essayant d'imaginer la famille qui avait autrefois vécu ici. Comment avait-elle pu survivre ? L'oasis où les archéologues travaillaient était le seul endroit à des kilomètres où l'eau abondait. Il y avait même de l'ombre, grâce aux palmiers qui entouraient le site.

Elle prit quelques photos, mais cela ne rendait pas assez bien l'atmosphère qu'elle cherchait. Charmée par la beauté rude de ce pays et par le contraste entre le sable aride et les oasis luxuriantes, les broussailles monotones et les hautes montagnes, elle voulait saisir cette splendeur pour publier un autre livre. Elle avait déjà connu un relatif succès avec deux ouvrages, mais celui-ci devait être vraiment spécial, à l'image de ce pays.

Sortant de la maison, Lisa monta l'escalier avec prudence, testant chaque marche pour s'assurer qu'elle supporterait son poids. Une fois sur le toit, elle longea les murs, sachant qu'il s'agissait des parties les plus robustes de la structure.

Elle regarda autour d'elle et esquissa un sourire radieux. La vue était spectaculaire. Se tournant lentement vers le sud, elle contempla le changement du paysage, qui passait des montagnes couvertes de broussailles à une vaste étendue de sable plat. Elle saisit son appareil et commença à mitrailler le site.

Quand elle eut terminé, elle s'appuya contre le parapet qui entourait le toit et regarda au loin, l'esprit songeur. Moquansaid possédait une histoire ancienne. Les fouilles, sur lesquelles elle travaillait comme photographe, se situaient sur l'une des vieilles routes commerciales. Les caravanes étaient-elles passées par ici ? Elle pouvait presque entendre le bruit lourd des pas des chameaux, accompagné des cris de leurs maîtres.

Lisa se tourna de nouveau, et comprit qu'elle n'avait pas imaginé le léger grondement au loin. Est-ce qu'un orage se préparait ? Elle observa le ciel, toujours bleu et dégagé. Une légère brise venant de l'ouest caressa ses joues. Elle frissonna involontairement. Elle détestait les orages.

Jetant un œil à sa montre, elle vit qu'il était temps de regagner le site. Le dîner allait être servi dans quelques heures et elle avait soif. Il lui restait encore trois bouteilles d'eau dans la jeep, mais elle préférait ne jamais arriver au bout de la dernière.

L'escalier abrupt s'avéra plus difficile à descendre qu'à monter. Soudain, arrivant de nulle part, une bourrasque violente la plaqua au mur. Elle tenta de se retenir, mais perdit l'équilibre et glissa sur près de la moitié de l'escalier. Les arêtes rudes des marches en pierre meurtrirent ses jambes et ses mains, mais c'est l'élancement subit qu'elle ressentit dans la cheville qui l'inquiéta le plus.

S'aidant du mur, elle tenta de se relever. Une douleur fulgurante traversa sa jambe droite. Elle se laissa retomber sur le sol en gémissant. L'élancement qu'elle avait ressenti à la cheville s'était transformé en une douleur atroce.

Le grondement qu'elle avait entendu plus tôt retentit de nouveau, avec plus de force. Elle leva les yeux. Le ciel au-dessus d'elle était toujours aussi dégagé, malgré l'intensité du vent. Celui-ci soufflait maintenant sans discontinuer. Elle se mordit la lèvre avec appréhension. Elle détestait l'orage et ne voulait en aucun cas s'y retrouver prise. Quand elle était avec d'autres, elle parvenait au moins à se contrôler quand ses horribles souvenirs l'assaillaient.

Mais s'agissait-il réellement d'un orage ? Elle regarda vers l'ouest et fut stupéfaite de voir à l'horizon ce qui ressemblait à un gros nuage marron.

A moins que sa cheville ne guérisse miraculeusement dans les cinq secondes, elle allait se retrouver sous une tempête de sable. Des images de la nuit qu'elle avait vécue, sous la pluie, quand elle était enfant, se mirent à danser devant ses yeux... La nuit où sa mère avait été tuée, elle était déjà trempée jusqu'aux os quand les équipes de secours les avaient trouvées. Lisa se rapprocha encore de la maison, essayant d'oublier le traumatisme de son enfance et cherchant un abri pour se protéger.

Ses mains étaient écorchées d'avoir tenté d'arrêter sa chute et elle pouvait à peine poser son pied douloureux sur le sol. Peut-être réussirait-elle à ramper ?

Brusquement, un homme chevauchant un cheval noir apparut à l'horizon. Elle le regarda avec stupeur galoper dans sa direction. En quelques secondes, elle reconnut la djellaba traditionnelle et le foulard arabe, dont l'extrémité recouvrait le visage de l'homme, ne laissant apparaître que ses yeux.

Le cheval ralentit à peine quand il arriva devant la maison.

— Venez, dit-il en lui désignant la porte et en conduisant déjà son cheval à l'intérieur.

— Je ne peux pas marcher, répliqua-t-elle. Je me suis foulé la cheville.

L'homme marmonna quelque chose avant de s'approcher d'elle et de la prendre dans ses bras, avec son appareil photo et son sac.

— Nous n'avons pas de temps à perdre, dit-il en courant dans le bâtiment, suivi de son cheval. C'est une tempête de sable.

Il jeta un vêtement sur la tête de l'animal, puis s'enveloppa avec Lisa dans sa vaste djellaba et se laissa tomber sur le sol, contre le mur.

Elle se retrouva nez à nez avec l'étranger, assise sur ses genoux et enveloppée dans un tissu de coton qui sentait bon le soleil.

Mais avant qu'elle ne puisse protester, le vent se mit à rugir. Des grains de sable cinglants heurtèrent ses mains. Elle sentit la pression de l'air changer. Les battements de son cœur s'accélérèrent et la peur s'empara d'elle. Lisa n'entendait rien d'autre que la fureur du vent et le bruit du sable qui fouettait la vieille bâtisse. Si elle s'était retrouvée à l'extérieur, elle n'aurait pas survécu !

Se blottissant contre son sauveur, elle oublia sa cheville, ses photos et même ses souvenirs de l'accident de voiture. Elle ne pouvait imaginer les ravages que ce vent était susceptible de causer. Malgré la protection du vêtement, elle avait l'impression que le sable s'infiltrait partout. Bougeant légèrement, elle se retrouva le nez collé au cou de l'inconnu. Elle sentit son odeur virile, mêlée au sable sec. Les hurlements du vent étaient assourdissants. Comment le pauvre cheval allait-il supporter ça ?

Le temps semblait s'être arrêté, et elle pria pour que le vent cesse. Le bruit surnaturel et le bombardement sans relâche du sable la rendaient folle. Elle pouvait à peine respirer.

Agrippée à l'étranger, elle se rappela cette nuit-là, sur une route déserte, la pluie incessante, le froid et la solitude. Au moins, quelqu'un la serrait dans ses bras aujourd'hui ! Elle n'était pas seule.

Après un temps qui lui sembla infini, le vent commença à faiblir. Elle se hasarda à ouvrir les yeux, mais ne vit que la puissante mâchoire de l'homme qui l'avait sauvée. Quelques instants plus tard, il bougea et retira le vêtement qui les protégeait.

— Je pense que le pire est passé, dit-il en regardant par la fenêtre ouverte.

La vieille maison était envahie par le sable. Le cheval se tenait patiemment contre l'un des murs, la tête orientée vers le sol. Le vêtement que l'homme avait jeté sur sa tête était toujours en place.

Lisa était encore blottie contre l'étranger, assise sur ses genoux. Mal à l'aise, elle se redressa lentement. Quand elle leva les yeux, elle réalisa que son visage n'était qu'à quelques centimètres de celui de l'inconnu. Des yeux noirs la regardèrent en retour. Comment remercier un homme qui venait probablement de lui sauver la vie ?

Elle essaya de bouger, mais la douleur qui irradia sa cheville lui coupa le souffle et elle retomba lourdement sur les jambes de son compagnon.

— Oh ! laissa-t-il échapper.

— Je suis désolée. Ma cheville me fait vraiment mal.

La jeune femme regarda autour d'elle, cherchant quelque chose qui pourrait l'aider à se relever. L'homme la posa avec précaution sur le sol et se leva calmement pour aller voir son cheval. Il enleva le tissu de la tête de l'animal et brossa sa crinière blanchie par le sable.

— Cela arrive-t-il souvent ? demanda Lisa en le regardant.

Quand l'homme se tourna pour l'étudier, elle retint sa respiration. Ses yeux noirs étaient impénétrables. Il avait la peau bronzée et les traits réguliers. D'habitude, elle ne qualifiait pas les hommes de beaux, surtout lorsqu'ils dégageaient autant de virilité que celui-ci, mais elle ne trouvait pas d'autres mots pour le décrire.

— Pas souvent, non. Mais on ne peut quasiment jamais les prévoir. A part votre cheville, vous allez bien ? demanda-t-il.

Il s'approcha et s'accroupit devant elle pour caresser légèrement sa peau enflée, juste au-dessus de sa chaussure.

— Ça a l'air sérieux, affirma-t-il.

Même ce léger contact la faisait souffrir.

— J'espère qu'elle est foulée et non cassée. Cela vous ennuierait-il de me raccompagner au campement ? Je ne pourrais jamais conduire jusque là-bas toute seule.

— Vous êtes seule ici ? demanda-t-il, surpris.

Il la fixa de son regard noir.

— Je travaille sur un site de fouilles archéologiques à seulement quelques kilomètres au nord d'ici.

— Le site de Wadi Hirum, dit-il avec un air de dégoût, en la fixant d'un regard furieux.

— Vous le connaissez ?

Elle remarqua aussitôt son changement d'attitude. Y avait-il un problème avec les fouilles ?

— J'étais avec mon oncle quand il a signé les papiers pour autoriser l'expédition. Pour lui, il s'agit de recherches précieuses sur une partie inconnue de notre histoire.

Il se leva, alla à la fenêtre et s'appuya contre le rebord, l'esprit préoccupé.

— Manifestement, vous désapprouvez ces fouilles, lança-t-elle.

— Effectivement. Je préférerais construire un barrage à cet endroit pour aider les habitants actuels, plutôt que d'apprendre des choses sur des ancêtres morts depuis longtemps.

— Mais c'est important de connaître notre histoire ! Cela nous permet de savoir qui nous sommes. Et les pistes des anciennes caravanes étaient capitales pour les gens qui vivaient ici, il y a des centaines d'années de cela.

Elle n'était pas historienne, mais trouvait captivant de photographier les objets découverts par les archéologues et d'écouter leurs hypothèses. Et avec son imagination débordante, elle pouvait presque voir les hommes et les femmes qui avaient vécu ici, des générations auparavant. Ce n'était pas son pays, mais elle vénérait ce qu'ils y découvraient. Comment cet homme pouvait-il ne pas ressentir la même chose ?

— Ce qui appartient au passé doit rester au passé. Je me préoccupe davantage du présent.

Il revint vers elle et s'agenouilla dans la terre sablonneuse. Levant délicatement la jambe de la jeune femme, il commença à délacer sa chaussure.

— Ne devrais-je pas plutôt la garder ? demanda-t-elle.

— Je vais bander votre cheville avec du tissu pour éviter qu'elle enfle. En réalité, il faudrait pouvoir mettre de la glace dessus.

— C'est précisément ce qui manque par ici. Il vaudrait mieux que je retourne au campement. Mais je ne peux pas conduire…

Elle observa les longs doigts de l'inconnu qui tentaient de soigner sa blessure, avant de jeter un nouveau coup d'œil à son visage. Il s'était débarrassé de son keffieh et elle fut surprise de découvrir ses cheveux noirs, courts et impeccablement coiffés à l'occidentale. Elle était davantage habituée aux archéologues débraillés, qui n'avaient pas vu de coiffeur depuis plus de six semaines.

Il prit le tissu qu'il avait utilisé pour son

cheval et le déchira pour bander fermement sa cheville. Quand il eut terminé, il se leva avant de la soulever à son tour.

Elle se retrouva de nouveau si près de lui qu'elle distingua les légers sillons au coin de ses yeux. Quel âge avait-il ? La trentaine ? Il la porta sans peine jusqu'à la jeep.

Un tas de sable s'était formé sur un des côtés du véhicule. Il posa la jeune femme sur le sol, attendant qu'elle trouve son équilibre sur son pied indemne. Lisa s'appuya sur la jeep pendant qu'il ouvrait la porte du conducteur. Puis il fit tourner la clé, faisant tousser le moteur, mais le véhicule refusa de démarrer. Il ouvrit alors le capot, pour le refermer brutalement quelques instants plus tard.

— Cette voiture n'ira nulle part pour l'instant, affirma-t-il. Le sable encrasse tout le moteur. Vous allez avoir besoin d'un mécanicien pour la faire redémarrer.

— Elle n'est pas à moi. Elle appartient à l'équipe. Plusieurs personnes vont en avoir besoin au cours de la semaine ! s'exclama-t-elle.

Il fallait qu'elle ramène la voiture au campement, sinon, ses compagnons risquaient de ne plus lui faire confiance. Et elle adorait ses escapades dans le désert.

— Et que vais-je faire en attendant ? Je ne peux pas rester ici. Je n'ai aucun moyen de les joindre. Est-ce que vous pouvez m'amener jusque là-bas ?

Elle regarda le cheval. Il semblait assez large pour les porter tous les deux.

— C'est trop loin. Il va falloir que vous veniez avec moi. J'habite beaucoup plus près.

Lisa le fixa un moment avec incertitude. Elle ne le connaissait pas. Il lui avait juste dit être le neveu du cheikh qui avait autorisé les fouilles de Wadi Hirum. Cela suffisait-il à garantir sa sécurité ?

De toute façon, elle n'avait pas le choix. Soit elle partait avec lui, soit elle restait là, avec une jeep en panne, une cheville foulée et trois bouteilles d'eau. Si elle ne rentrait pas au site avant le dîner, ils allaient s'inquiéter, mais personne ne savait exactement où la chercher. Son indépendance allait finalement lui causer davantage d'ennuis qu'elle ne l'aurait voulu.

— Où voulez-vous m'emmener ? demanda-t-elle prudemment.

— Je n'habite pas très loin d'ici. Une fois que nous y serons, j'appellerai quelqu'un qui viendra réparer la jeep, déclara-t-il en retournant vers son cheval.

— Est-ce que vous pourrez contacter les membres de mon équipe pour qu'ils ne s'inquiètent pas ?

L'homme acquiesça tout en continuant de marcher. Quelques secondes plus tard, il reparut avec l'animal, et la hissa sur la selle richement décorée, puis monta derrière elle.

Lisa ne mit pas longtemps à se sentir suffisamment à l'aise pour se détendre. Les pas inégaux de l'animal exacerbaient toutefois sa douleur à la cheville. Elle serra les dents, espérant tenir jusqu'à ce qu'ils arrivent à destination. Elle essaya de se rappeler les nombreux sites marqués sur la carte que l'archéologue en chef lui avait dessinée, quand elle lui avait parlé des photographies qu'elle voulait faire. Elle ne se souvenait d'aucune habitation dans cette direction.

Quelque temps plus tard, Lisa comprit pourquoi. Deux palmiers se dressaient au loin, avec à leurs pieds une grande tente couleur sable. A mesure qu'ils s'approchaient, elle put voir un amoncellement de sable contre l'un des pans de toile. Manifestement, la tente avait été bien montée pour résister aux tempêtes de sable. Il n'y avait rien ici. Ni maison, ni électricité, ni téléphone…

— C'est là ? demanda-t-elle sur un ton dubitatif.

Elle s'attendait à voir un petit village ou au moins une habitation en dur.

— J'ai une radio à l'intérieur. Nous allons rapidement pouvoir contacter quelqu'un.

Quand ils arrivèrent devant la tente, il glissa aisément du cheval avant de la soulever de la selle et de la poser par terre.

— Je ne connais même pas votre nom, dit la jeune femme, qui se sentait résolument mal à l'aise face à la situation. Moi, je m'appelle Lisa Sullinger.

— Je m'appelle Tuareg al Shaldor. Je suis le neveu du cheikh Mohammad al Shaldor. Bienvenue chez moi.

L'homme se pencha légèrement en avant.

— Oh, mon Dieu ! Alors vous êtes un cheikh, vous aussi ? s'exclama-t-elle faiblement, à mesure qu'elle comprenait à qui elle avait affaire.

Il acquiesça d'un signe de la tête, comme si cela n'avait aucune importance.

Lisa n'en croyait pas ses yeux : elle était à côté d'un véritable cheikh ! Elle avait certes été accueillie par le vieux souverain, quand leur groupe était arrivé à Moquansaid, six semaines plus tôt, mais elle n'avait pas parlé directement au prince régnant. Et leur équipe était partie sur le site dès le lendemain.

Elle jeta un coup d'œil à la tente. Celle-ci ne ressemblait en rien à celles dans lesquelles ils dormaient au campement. Tout d'abord, elle semblait faire la taille du salon de son appartement et était suffisamment haute pour qu'ils puissent se tenir debout à l'intérieur. L'un des côtés était lesté par du sable. Comment avait-elle résisté aux ravages du vent ? Lisa regarda autour d'elle et remarqua le sable qui s'était amoncelé contre les arbres. La tempête n'avait manifestement pas été aussi violente ici.

— Ne vivez-vous pas dans la capitale ? demanda-t-elle.

— C'est ma maison, quand j'en ai envie.

De nouveau, il la souleva comme si elle ne pesait guère plus qu'une plume, alors qu'elle portait près de dix kilos de matériel photographique sur elle.

Si Lisa trouvait que l'extérieur de la tente était différent de tout ce qu'elle avait pu voir jusque-là, elle fut stupéfaite quand elle découvrit l'intérieur. Le sol n'était pas recouvert de vulgaires bâches, mais de véritables tapis multicolores, qui se chevauchaient pour le couvrir entièrement. Il faisait sombre, mais la lumière extérieure filtrait suffisamment pour qu'on puisse distinguer le divan avec sa structure boisée en volutes et les épais coussins dorés, violets et rouge vif qui invitaient au repos.

Partout autour d'elle, des objets en cuivre, des bois sombres et des couleurs chaudes… Elle mourait d'envie de photographier cet univers fascinant. Elle comprenait maintenant pourquoi son hôte en parlait comme de sa maison. Cette tente était bien plus somptueuse que toutes les demeures qu'elle avait visitées.

— Il n'y a pas de glace, mais je pense que si vous surélevez votre pied, vous aurez moins mal, affirma-t-il en la posant sur le divan.

Sa tête n'était qu'à quelques centimètres de celle du cheikh. La voix de celui-ci était profonde, avec un léger accent. Il parlait parfaitement l'anglais alors qu'elle-même ne disait que quelques mots d'arabe, avec une prononciation sûrement atroce. Elle hocha la tête et le remercia dans sa langue.

Surpris, il la regarda tout en s'écartant.

— Je suis honoré que vous ayez appris notre langue.

— Pas vraiment. Je sais demander de l'eau aussi, mais c'est tout, confessa-t-elle.

Il se rendit à l'autre bout de la tente et prit

un chiffon, posé sur une petite radio. Quelques secondes plus tard, elle l'entendit parler, sans comprendre un seul mot.

Espérant qu'il était en train de contacter le campement, elle posa l'étui de son appareil photo par terre, puis regarda à travers le viseur. Elle ne pouvait pas prendre de photos sans permission et la lumière était faible, mais quel atout ce serait pour son livre ! Une authentique atmosphère arabe, digne d'un conte des *Mille et Une Nuits*.

Reposant l'appareil photo sur ses genoux, elle s'adossa aux coussins, essayant de se mettre à l'aise. Avant cette mésaventure, elle s'était considérée comme chanceuse d'avoir obtenu ce travail sur le site archéologique. Certes, la plupart des photos qu'elle prenait étaient destinées à répertorier les objets trouvés, ce qui ne laissait guère de place à la créativité artistique. Mais elle prenait également des clichés du site à mesure qu'ils découvraient de nouvelles habitations ou d'autres fondations. Elle pourrait sans doute travailler assise, et sa cheville guérirait rapidement.

Tuareg éteignit la radio et se tourna vers elle.

— Vos archéologues vont être prévenus. Quelqu'un ira réparer la jeep demain et vous pourrez voir un médecin dans la matinée. Mais il se fait tard et la tempête de sable a provoqué des dégâts. Il serait dangereux de voyager jusqu'à la ville maintenant. Nous allons donc rester ici.

Lisa mit un moment avant de comprendre véritablement ce qu'il venait de dire.

— Rester ici ?

Elle jeta un œil à l'unique pièce. Elle était certes richement meublée, avec de somptueuses couleurs et des tentures épaisses, mais il n'y avait aucune intimité possible. Où allait-elle dormir ? Et où dormirait-il ?

— Vous voulez dire… passer la nuit ici ?

Elle n'était pas en danger, songea-t-elle quelques instants plus tard. Il la regardait à peine, semblant presque ignorer sa présence. De quoi pouvait-elle avoir peur ?

— Je vous assure que vous serez en parfaite sécurité ici, répliqua-t-il, une pointe de sarcasme dans la voix.

Lisa rougit. Elle savait qu'elle n'était pas la plus belle femme du monde, mais…

Mais quoi ? Espérait-elle qu'il simule une soudaine passion et un désir fou ?

Non, elle n'était pas le genre de femme dont les hommes tombaient éperdument amoureux.

Cependant, pendant un bref instant, elle le regretta.

2.

— Je vous assure que j'ai des provisions et de l'eau à volonté. Et nous aurons suffisamment chaud dans la tente quand le soleil se couchera. Vous serez très bien ici, jusqu'à demain matin.

Elle hocha la tête, consciente qu'elle n'avait pas le choix. Toute sa jambe lui faisait mal maintenant et les paumes de ses mains la brûlaient. Sans moyen de transport et ignorant où elle se trouvait, elle était véritablement coincée. Alors autant faire contre mauvaise fortune bon cœur.

— Vos meubles sont vraiment surprenants. Est-ce que je pourrais prendre quelques photos ? demanda-t-elle.

— Je n'y tiens pas, répliqua-t-il sans équivoque.

Déçue, elle reposa son appareil photo. Le style spectaculaire de cet intérieur aurait été parfait dans le livre qu'elle voulait publier sur cette région…

Il se leva et se dirigea vers un buffet de bois sombre richement sculpté. Ouvrant la porte de gauche, il sortit une bouteille d'eau et la tendit à la jeune femme.

— Merci.

Elle l'ouvrit et en but une gorgée. Elle se redressa et essaya de trouver une position qui ne la ferait pas souffrir, mais la simple pression de son pied sur le divan lui faisait mal.

— Laissez-moi voir, dit l'homme en s'approchant.

A mesure qu'il défaisait les bandages, elle sentit un immense soulagement l'envahir.

— Je sais qu'il vaudrait mieux que ma cheville reste bandée, mais ça fait du bien, avoua-t-elle.

Il s'absenta quelques instants et revint avec une grande bassine presque pleine.

Lisa frissonna quand elle plongea son pied dans l'eau froide. En seulement quelques instants, elle sentit ses orteils s'engourdir.

— Laissez tremper votre pied un moment. Demain, un médecin examinera votre blessure.

— Je suis sûre qu'il ne s'agit que d'une entorse, assura-t-elle.

Elle regarda autour d'elle, cherchant un nouveau sujet de conversation.

— Pourquoi vivez-vous ici et non dans la capitale ? s'enquit-elle.

— Je travaille sur un projet, répliqua-t-il. La construction d'un barrage dans les gorges d'Assori.

— Ce n'est pas loin des fouilles, dit-elle.

— Et c'est la raison pour laquelle mon projet est en attente pour le moment. J'ai dû repousser la construction jusqu'à ce que les fouilles des archéologues soient terminées. Je suis en retard de plusieurs mois sur le calendrier initial.

— Mais un barrage détruirait tout.

— Oui, c'est pourquoi les fouilles ont été autorisées dès à présent et confiées à un groupe étranger. Il fallait faire vite, or nous n'avions à ce jour aucun archéologue qualifié susceptible de prendre en charge le projet. Dès que vous aurez fourni à notre ministre de la Culture toutes les pièces trouvées sur le site, la construction pourra reprendre.

— Et changera cette région à jamais. Cela vous est-il égal de recouvrir un site historique d'une aussi grande importance ?

— Et pensez-vous aux nomades qui pourraient bénéficier d'une source d'eau constante ? riposta-t-il.

Vu sous cet angle, Lisa pouvait comprendre l'utilité d'un barrage. Une source d'eau régulière pourrait améliorer les choses. Mais elle ne pouvait s'empêcher de déplorer la perte que cela entraînerait.

— Avez-vous faim ? demanda-t-il.

Elle hocha la tête, surprise de constater qu'il était déjà si tard.

— Je n'ai pas mangé depuis le petit déjeuner, avoua-t-elle.

— Et vous avez dû avaler une tartine et un café, murmura-t-il en retournant vers le buffet pour en sortir des fruits et du fromage.

— En réalité, j'ai pris un petit déjeuner copieux. Je savais que le dîner serait tardif. Mais j'ai grignoté à midi.

Toutefois, elle n'aurait jamais imaginé dîner dans une tente somptueuse au beau milieu du désert.

Il coupa les fruits et le fromage et disposa le tout sur des assiettes en porcelaine. Il lui en tendit une, ainsi qu'une serviette en tissu.

Elle prit une tranche de mangue, qu'elle glissa dans sa bouche. La saveur du fruit était divine. Elle avala ensuite un morceau de pêche, puis une tranche de fromage. Le mélange des arômes était étonnant. Jetant un œil à son hôte, elle vit qu'il la dévisageait.

Tuareg détourna aussitôt les yeux, gêné par sa propre impolitesse. Cela ne lui ressemblait pas d'étudier quelqu'un, au point d'en oublier les bonnes manières. Il aurait dû être contrarié : la tempête de sable avait interrompu sa promenade et cette femme en détresse venait perturber sa petite vie tranquille. Il aurait pu la laisser là-bas et envoyer un message aux archéologues pour qu'ils viennent la chercher. Mais cela lui avait semblé inélégant.

Nura l'avait si souvent taquiné à propos de ses airs altiers ! Mais en réalité, il faisait seulement ce qu'il pensait être juste. Ayant été élevé au sein de la famille régnante de son pays, il n'avait pas l'habitude qu'on lui résiste. Il essayait de compenser cela en faisant preuve de compassion envers les autres.

Le souvenir de sa femme réveilla une douleur familière. Cela faisait maintenant trois ans qu'elle était morte et elle lui manquait toujours autant. Elle avait été son âme sœur depuis leur enfance. Dès ses douze ans, il avait su qu'elle serait son épouse. Elle n'avait regardé aucun autre homme, ni lui aucune autre femme.

Le destin les avait séparés, mais ce n'était qu'une question de temps pour que sa propre mort ne les réunisse de nouveau. Cependant, les longues années de vide et de solitude n'en finissaient pas. Il survivait, mais la vie n'avait plus aucune saveur. Seul le temps qu'il passait dans le désert lui apportait un certain réconfort. Et voilà que cette étrangère venait tout perturber !

Il jeta de nouveau un coup d'œil à son invitée importune. Elle semblait savourer la nourriture qu'il lui avait donnée.

— Qu'est-ce que c'est ? demanda-t-elle en désignant un fruit violet.

— Une figue sauvage, dit-il.

Elle l'étudia un moment avant de le glisser dans sa bouche. Hypnotisé, Tuareg contempla l'expression ravie qui apparut sur le visage de la jeune femme. Pendant un bref instant, il se demanda ce qui pourrait encore illuminer son visage avec cette expression de pur plaisir. Lui faire l'amour ?

Se levant brusquement, il partit s'occuper de son cheval. Il n'avait pas connu d'autre femme à part Nura et leur dernière nuit d'intimité remontait à trois ans. Le seul fait de songer à faire l'amour à une autre lui semblait être une trahison scandaleuse. D'autant que celle qui lui faisait face ne possédait pas l'élégance naturelle de Nura.

Nura, la lumière de sa vie… Grande, svelte et sophistiquée, la jeune femme avait charmé les ambassades de dizaines de pays. Ensemble, ils avaient beaucoup voyagé, recherchant toujours l'excitation dont elle semblait avoir besoin. Londres, Paris et Rome avaient été leurs refuges. Ils avaient visité l'Extrême-Orient et l'Australie, mais elle préférait par-dessus tout le charme de l'Europe…

Le cheval était couvert de sable, et Tuareg entreprit de le brosser. Quelques instants plus tard, après l'avoir conduit dans son enclos, il regarda vers l'ouest. Aucun nuage ne venait perturber le ciel. La nuit allait bientôt tomber sur le désert et le ciel se réveillerait avec la lumière des étoiles.

C'était le moment qu'il préférait. Un moment à partager…

Tuareg regagna la tente, et se retrouva dans l'obscurité. Il avait oublié d'allumer les lumières et bien sûr, la jeune femme ignorait où se trouvaient les lampes.

— Vous vous couchez avec le soleil ? demanda Lisa depuis le divan.

— Toutes mes excuses. J'ai oublié d'allumer les lampes.

Il se hâta de réparer cet oubli. En moins d'une minute, quatre lampes brillaient, rehaussant les couleurs des tapisseries et des tapis.

— Alors vous êtes archéologue ? demanda-t-il.

— Non, photographe. Je suis une amie du directeur de l'un des sponsors des fouilles. Et quand le photographe habituel est tombé maladc, il m'a proposée…

— Et que photographiez-vous ? Le site ?

— Oui, ainsi que chaque strate découverte par les archéologues et tous les objets déterrés. Même les poteries cassées sont répertoriées, décrites et photographiées. Le catalogue des objets trouvés sera vaste, et les photos permettront aux amateurs de les découvrir.

Il hocha la tête, tandis qu'elle poursuivait :

— Et j'apprends beaucoup de choses, aussi. Le professeur qui est à la tête du projet est un passionné d'histoire arabe. Il décrit parfaitement le mode de vie des gens qui habitaient ici, il y a plusieurs centaines d'années, et les caravanes qui parcouraient alors le pays.

— Il doit probablement y ajouter un peu de folklore, affirma Tuareg.

— C’est-à-dire ?

— A vous entendre, on a l’impression que la vie d’alors était magique. Mais elle était difficile. Les hommes partaient pour des mois, et les caravanes risquaient toujours d’être pillées par des voleurs ou, pire encore, prises dans une tempête de sable comme celle d’aujourd’hui. Leurs vies étaient loin d’être extraordinaires.

— Si, elles l’étaient, à l’époque. Ils voyageaient, découvraient des contrées lointaines, rencontraient d’autres civilisations… Aujourd’hui encore, des gens continuent de risquer leur vie pour comprendre l’inconnu et pour chercher l’aventure.

— Et vous, cherchez-vous l’aventure ?

Lisa haussa les épaules.

— En quelque sorte. Ma vie ici est très différente de mon quotidien habituel.

— Votre famille ne vous manque-t-elle pas trop ?

— Je n’ai pas de famille, dit-elle d’un air résigné.

Si Nura était partie, il avait encore, lui, une famille avec ses parents, ses grands-parents, des oncles, des tantes et de nombreux cousins. Qu’éprouverait-il s’il était véritablement seul sur terre ? La douleur d’avoir perdu Nura serait alors multipliée par cent.

— Je suis désolé, dit-il sincèrement.

— Merci, mais ma mère est morte quand j'avais six ans et mon père, quelques années plus tard. C'est si loin, que j'ai fini par m'y habituer.

— Qui vous a élevée ?

— J'ai vécu en famille d'accueil et j'ai eu la chance de ne connaître que trois foyers différents.

— Et maintenant, vous vivez seule. Pas de mari, ni de petit ami ?

— Non, répondit-elle en jetant un œil à son appareil photo. J'adore mon métier et je voyage autant que je peux.

Elle hésita un moment avant d'ajouter timidement :

— J'ai même publié deux livres de photos.

— Excellent ! Il va falloir que je m'en procure un exemplaire pour pouvoir me vanter auprès de mes amis de connaître l'auteur.

Elle sourit.

— Je suis sûre qu'ils seront tous impressionnés.

Tuareg sentit son cœur se serrer. Son sourire était contagieux. Il avait envie de le lui rendre, mais la jeune femme détourna les yeux et inspecta l'intérieur de la tente.

— J'aurais aimé prendre quelques photos de

votre maison. Elle est si particulière ! Et elle pourrait être un tel atout pour mon livre sur Moquansaid.

— Vous faites un livre sur Moquansaid ? s'étonna-t-il.

— Oui, c'est pour cela que je me trouvais dans la maison en ruine. Le Pr Sanders m'a parlé de ce site. Il m'a gentiment indiqué les endroits exceptionnels de la région. Et avant de rentrer à la maison, cet été, je voudrais prendre quelques photos des immeubles de la capitale. Les mosaïques y sont superbes et j'ai adoré l'architecture si particulière des bâtiments. Certains endroits que j'ai pu voir en traversant Soluddai étaient naturellement entourés de grands palmiers dattiers. C'est très exotique pour quelqu'un qui vient de Seattle.

— C'est là que vous vivez ?

— Oui. C'est très différent du désert. Nous avons beaucoup de pluie chaque année, alors qu'ici, il n'y en a presque pas.

— C'est bien dommage que nous ne puissions pas échanger un peu de notre soleil contre un peu de votre pluie !

Elle se décala légèrement sur le divan et regarda de nouveau autour d'elle.

— Avez-vous besoin de quelque chose ? demanda Tuareg.

— En fait, je me demandais où se trouvaient les toilettes.

— J'ai beau prétendre avoir tout le confort d'une maison, cela reste une tente. Elles sont à quelques mètres d'ici et assez rudimentaires.

Il se leva.

— Je vais vous y conduire…

Il la souleva du sofa et sortit de la tente. L'obscurité douce de la nuit les enveloppa aussitôt.

— Est-ce que vous voyez quelque chose ? demanda-t-elle, le bras autour du cou du cheikh.

Il connaissait le chemin par cœur. Ce n'était pas loin.

— Je sais où je vais. Attendez un moment et vos yeux s'habitueront à la lumière des étoiles.

Elle leva les yeux vers le ciel et soupira.

— C'est magnifique… J'avais déjà remarqué à quel point le ciel était beau ici, la nuit. J'aimerais tant parvenir à photographier toute cette splendeur…

— Cela vous ennuierait-il de me parler un peu de Moquansaid ? demanda-t-elle, une fois qu'ils eurent regagné la tente. J'adorerais pouvoir inclure quelques histoires inédites dans mon livre.

Tuareg baissa les lumières et s'installa par terre sur des coussins, à côté du buffet de bois.

— Quel genre d'histoires ?

— Savez-vous quelque chose sur les ruines où je me trouvais aujourd'hui ? Ou sur les caravanes qui parcouraient le pays il y a des centaines d'années de cela ? demanda-t-elle.

— Des nomades vivent ici depuis la nuit des temps. Nous sommes un pays fermé, sans aucun accès à la mer. Ainsi, les voyageurs et les commerçants devaient forcément emprunter les pistes.

Lisa écouta attentivement Tuareg, se laissant bercer par sa voix profonde et intense. Elle s'adossa aux coussins et ferma les yeux pour se concentrer sur ses paroles. Il dépeignait l'histoire d'un pays qui n'avait guère changé malgré les années, d'une société qui n'avait que récemment été influencée par les autres pays. Sa voix se fit de plus en plus faible et Lisa ne tarda pas à s'endormir profondément.

Le bruit d'un hélicoptère la réveilla. Repoussant les couvertures, elle se redressa brusquement, avant de jeter un œil autour d'elle et de se rappeler où elle était et ce qu'elle faisait là. Elle ne voyait pas son hôte, et le bruit de l'appareil se faisait de plus en plus fort. Elle voulut se lever, mais quand elle essaya de s'asseoir, une violente douleur la foudroya.

Le calepin qu'elle avait sorti la veille pour prendre des notes était posé à côté d'elle. Elle le remit dans la sacoche de son appareil photo et attendit.

Le moteur s'arrêta enfin et le silence emplit l'espace. Elle entendit alors des hommes parler en arabe. Quelques instants plus tard, Tuareg entra dans la tente.

— Parfait, vous êtes réveillée. Notre taxi est arrivé…

— Comment avez-vous pu faire venir un hélicoptère ?

— C'est le mien. J'ai appelé hier soir pour qu'il vienne nous chercher ce matin, dit-il en se penchant vers elle pour la soulever.

Moins de dix minutes plus tard, Lisa se retrouva sur un des sièges côté fenêtre du grand hélicoptère. Fascinée, elle regarda Tuareg démarrer le moteur et élever l'appareil dans les airs. Elle sortit alors son appareil et commença à prendre des photos du paysage qu'ils survolaient, en espérant qu'il y en aurait quelques-unes de bonnes. La vue était fantastique.

Quand ils se mirent à tournoyer lentement autour d'une propriété, Lisa posa son appareil et vit, juste en dessous d'eux, une grande maison entourée de plusieurs bâtiments et une longue allée pavée.

Ils s'apprêtaient à atterrir. Etait-ce la propriété de son hôte ?

Une voiture les attendait sur l'aire d'atterrissage, et Tuareg l'installa délicatement à l'intérieur. En quelques secondes, ils parvinrent à l'allée circulaire qui menait à la grande demeure.

Le bâtiment possédait la même couleur familière terre cuite que la plupart des constructions de Moquansaid. Les portes traditionnelles orientales et les fenêtres entourées de faïences incarnaient ce style arabe qu'elle aimait de plus en plus. Des fleurs poussaient à profusion et l'allée circulaire délimitait une magnifique pelouse. Ce jardin devait demander beaucoup d'eau, songea-t-elle.

A peine fut-elle entrée qu'un homme distingué se précipita pour accueillir Tuareg. Ils échangèrent quelques mots, puis le cheikh la porta jusqu'à un salon et la déposa sur une chaise.

— Je vous présente le Dr al Biminan. C'est un médecin réputé de la capitale. Il est venu pour examiner votre cheville. Il ne parle pas votre langue, mais je vous servirai d'interprète.

Le médecin ausculta son pied, puis lui posa quelques questions par l'intermédiaire de Tuareg. Il entreprit ensuite de lui envelopper la jambe avec un bandage glacé, tout en continuant à parler au cheikh.

— Il va vous prescrire des antalgiques. Vous devez éviter de poser le pied par terre pendant deux jours et voir comment cela évolue. D'après lui, il s'agit juste d'une entorse.

— Est-ce que je peux retourner travailler sur les fouilles ?

— Bientôt. Vous allez rester ici deux jours. Le médecin pourra alors revenir pour vous réexaminer.

— Je ne peux pas rester ici ! protesta Lisa.

— Bien sûr que si, lui certifia Tuareg. Vous êtes dans ma résidence privée et je vous invite.

3.

Lisa s'allongea avec délectation dans la grande baignoire remplie d'eau chaude. Le cheikh Tuareg al Shaldor lui avait assuré que sa présence ne posait aucun problème. Et vu les richesses exposées dans les pièces voisines, elle l'avait cru aisément. Les meubles de la chambre qui lui avait été attribuée devaient valoir une petite fortune. Et cette salle de bains était presque aussi grande que son propre appartement, songea la jeune femme.

Tuareg avait demandé à une femme de chambre, Maliq, de rester près d'elle pendant qu'elle prenait son bain, au cas où elle aurait besoin de quelque chose. Mais pour le moment, elle était seule et savourait chaque instant…

Quand elle finit de se sécher, elle hésita à remettre les habits qu'elle avait portés au cours des deux derniers jours. Elle n'y tenait guère, mais n'avait rien d'autre.

Elle entendit alors quelqu'un frapper à la porte.

— Oui ?

— Mademoiselle, déclara la femme de chambre en ouvrant la porte, j'ai des habits propres pour vous. Je vais faire laver vos vêtements et je vous les apporterai plus tard. Son Excellence vous donne ceci en attendant.

Elle lui tendit une robe à fleurs dans les tons bleu clair et des sous-vêtements encore dans leur emballage plastique.

— Avez-vous besoin d'aide ?

— Je peux me débrouiller, lui assura Lisa.

Une fois habillée, Lisa boitilla jusqu'à la porte et l'ouvrit. La femme de chambre bondit de sa chaise.

— Asseyez-vous dans ce fauteuil roulant, déclara-t-elle en le lui désignant. Je vais vous pousser. Son Excellence désire déjeuner tôt, si cela vous convient.

— Vous parlez très bien notre langue. Est-ce qu'elle est enseignée à l'école ici ? demanda Lisa en s'effondrant avec gratitude dans le fauteuil.

— Oui, je l'ai apprise à l'école. Et j'ai accompagné Son Excellence et son épouse, quand ils voyageaient dans d'autres pays.

— Je ne parle malheureusement que quelques

mots d'arabe, lui confia Lisa avant de remercier la jeune femme dans sa langue.

Ainsi, Tuareg était marié ! Evidemment. Avaient-ils des enfants ? L'espace d'un instant, elle songea qu'elle aurait aimé avoir quelqu'un dans sa vie. Mais elle n'était encore jamais tombée amoureuse. Cela lui arriverait-il un jour ou resterait-elle seule, avec son envie de voyager pour unique compagne ? Allait-elle continuer ainsi à prendre des photos et à rester spectatrice du monde, l'œil collé derrière son objectif ?

Quand la femme de chambre la fit entrer dans un grand patio, Lisa fut émerveillée. La terrasse dallée était abritée par une haute tonnelle recouverte de plantes grimpantes. De l'eau jaillissait d'une fontaine et une légère brise soufflait. Une table ronde était installée près de la fontaine.

Elle faillit ne pas reconnaître l'homme qui se leva à son arrivée. Tuareg s'était lui aussi changé et portait maintenant une tenue occidentale décontractée, avec un pantalon kaki et un polo qui faisait ressortir sa musculature. Elle jeta un œil autour d'elle mais ne vit pas sa femme. Etait-elle en voyage ?

— Merci, Maliq, lança-t-il à la jeune femme de chambre, vous pouvez disposer.

Celle-ci hocha la tête et s'éclipsa discrètement.

— Vous devez avoir faim, reprit Tuareg en poussant le fauteuil roulant jusqu'à la table avant de s'asseoir en face d'elle.

— Effectivement. Mais c'était un vrai délice de pouvoir prendre un bain. Merci pour les vêtements.

— Ils vous vont bien ?

— A la perfection.

— J'en suis ravi.

Un domestique apporta un grand plateau avec deux assiettes et deux verres, qu'il installa devant eux, avant de leur servir du thé glacé.

Un deuxième domestique amena des sandwichs et une salade de fruits.

— Votre femme va-t-elle se joindre à nous ?

Tuareg la regarda un moment avant de secouer la tête.

— Nura est morte. Je suis veuf.

— Je suis désolée, je l'ignorais.

— Vous ne pouviez pas savoir, répliqua-t-il en commençant à manger.

Lisa entreprit, elle aussi, de se servir, tout en cherchant quelque chose à dire pour égayer son hôte.

Soudain, un domestique entra dans le patio

et vint parler discrètement à Tuareg. Ce dernier fronça les sourcils, puis se leva et posa sa serviette sur la table.

— Excusez-moi un moment. Il semblerait que j'aie une visite imprévue…

Peu après, Tuareg revint dans le patio accompagné d'une femme plus âgée.

— Mère, puis-je vous présenter Lisa Sullinger ? Lisa, ma mère, Yasmin al Shaldor.

Tuareg invita sa mère à s'asseoir à leur table.

— Je ne m'attendais pas à ce que Tuareg ait de la compagnie, déclara celle-ci en étudiant la jeune femme. Je croyais qu'il était encore dans le désert, mais j'ai entendu l'hélicoptère ce matin et j'ai pensé qu'il avait dû rentrer.

— Il est très gentiment venu à mon secours, quand je me suis blessée dans un bâtiment en ruine, expliqua Lisa.

Le domestique reparut avec un autre verre et une serviette. Il versa du thé à la mère de Tuareg, puis quitta rapidement le patio en faisant une petite révérence.

— Puisque tu es rentré plus tôt que prévu, dit Yasmin à son fils, peut-être vas-tu reconsidérer ton refus d'assister à la soirée que ton oncle organise pour l'anniversaire de ta cousine ? Ton invitée est bien entendu conviée elle aussi…

— Merci, s'empressa de dire Lisa en voyant que Tuareg fronçait les sourcils. Mais je dois retourner sur le site archéologique.

— Le site archéologique ?

— Elle travaille avec les archéologues de Wadi Hirum, commenta-t-il. Elle doit y retourner bientôt. Le médecin qui a examiné sa cheville lui a conseillé de la laisser au repos pendant au moins deux jours.

— Et je ne veux pas m'imposer dans une fête de famille.

Il haussa les épaules.

— Je suis sûr que ma cousine serait ravie de votre présence. Elle aime les grandes fêtes avec beaucoup de monde. Je n'avais pas prévu d'y assister.

Son regard se posa sur sa mère, avant de revenir sur Lisa.

— Toutefois, si vous voulez y aller, je vous y escorterai, ajouta-t-il. Peut-être pourriez-vous prendre quelques photos pour votre projet ?

Lisa sourit en se demandant quand cette fête était prévue et si elle pouvait rester aussi longtemps loin des fouilles.

— Des photos ? s'enquit la mère de Tuareg. Mais dites-moi, où en sont les recherches sur le site de Wadi Hirum ? Avez-vous fait des découvertes étonnantes ?

— Pas encore, d'après ce que j'ai pu entendre. Je ne suis pas archéologue, mais je suis tout de même fascinée par les objets qu'ils ont trouvés : des bols, des morceaux d'objets de verre et en métal. Il y a quelques belles statuettes aussi, sculptées dans la pierre. Et on estime que toutes ces pièces datent d'il y a plusieurs centaines d'années.

Yasmin regarda son fils.

— Et tu as vu ces objets ?

— Non. Je ne me suis pas rendu sur le site.

— Cependant, tu as hâte qu'ils finissent pour pouvoir entreprendre ton projet.

— Je sais que vous voulez construire un barrage sur la rivière voisine, déclara Lisa en fronçant les sourcils.

Comme tous ceux qui travaillaient sur le site des fouilles, elle connaissait les modalités de l'accord mais y était opposée. Elle aurait aimé pouvoir faire quelque chose pour préserver ce site. Ou au moins pour retarder son inondation, jusqu'à ce que Wadi Hirum révèle tous ses secrets.

— Vous en avez entendu parler ? demanda Yasmin, visiblement surprise.

— D'après le Pr Sanders, la seule raison de notre présence ici est de trouver le maximum de choses avant la date butoir. Ensuite, la région sera inondée et perdue à jamais. J'espère que nous pourrons trouver tout ce qui concerne les habitations primitives avant qu'il ne soit trop tard. Les archéologues ne peuvent pas avancer trop vite, de peur de détruire d'importants vestiges du passé.

Son regard se posa sur Tuareg et elle rassembla tout son courage pour lui demander :

— Lors de notre vol ce matin, je me suis dit qu'il serait intéressant d'avoir une vue aérienne du site. Est-ce qu'il serait possible que quelqu'un me ramène là-bas en hélicoptère pour que je puisse prendre quelques photos vues du ciel ?

Tuareg hocha la tête.

— Je serai également ravi de voler au-dessus de la rivière pour vous montrer ce qui se passera une fois le barrage construit. Peut-être changerez-vous alors d'avis sur ce projet.

— Etes-vous contre la construction du barrage ? s'enquit Yasmin.

— Ce serait tellement dommage de supprimer toute trace du passé ! répliqua Lisa.

— Mais le présent doit primer sur le passé, déclara la mère de Tuareg d'un air triste en se tournant vers son fils. Avez-vous déjà visité Moquansaid ?

— Je n'ai fait que le traverser. Soluddai est une ville magnifique, et les environs sont incroyables. C'est étonnant de voir le contraste entre la verdure dans les parcs de la ville et le désert aride avoisinant.

— Notre pays n'est pas grand, mais nous sommes entrés dans le XXIe siècle à toute vitesse, déclara Yasmin avec fierté.

Elle portait les habits d'un grand couturier. Faisait-elle son shopping à Paris ?

— Les avenues de la capitale m'ont paru charmantes. Je suis tout particulièrement fascinée par l'architecture, avec ce mélange de tours de verre et d'acier et de bâtiments anciens, réalisés selon la tradition arabe.

— Lisa a manifestement un œil d'artiste, commenta Tuareg. Elle envisage d'écrire un livre sur Moquansaid.

— Un livre ? s'écria Yasmin, avant de regarder Lisa avec un nouvel intérêt. Quel genre de livre ?

— Un livre de photos pour être exacte, composé essentiellement d'images et de légendes.

— Elle en a déjà publié deux. Je les ai commandés. Vous pourrez les voir quand je les recevrai, dit Tuareg.

— Vous les avez commandés ? s'étonna Lisa.

Il hocha la tête lentement.

— Votre travail m'intéresse.

— Pourquoi ?

— Peut-être pour savoir si je vous accorde ou non ce que vous m'avez demandé dans la tente.

Elle cligna des yeux. Songeait-il à la laisser photographier l'intérieur de sa tente ? Allait-il aussi accepter qu'elle prenne des photos de cette maison ? Elle était magnifique, de l'extérieur comme de l'intérieur. Lisa ne voulait pas profiter de son hospitalité, mais elle serait assurée d'être publiée si elle pouvait montrer des aspects de Moquansaid que personne n'avait vus jusque-là.

— Le métier de photographe semble très intéressant. Couvrez-vous les événements mondains ? demanda Yasmin.

Lisa secoua la tête.

— J'aime photographier des scènes qui font réfléchir ou qui rendent nostalgiques. L'un de mes ouvrages est composé de photos qui rappellent l'enfance. J'ai parcouru l'ouest des Etats-Unis pour prendre des photos de carnavals, de kermesses, de piscines, de cabanes dans les arbres, de parcs et de cours de récréation. Je voulais inciter le lecteur à se souvenir d'événements attendrissants.

— Et quel était le sujet de votre deuxième livre ? demanda Tuareg.

— Les chutes d'eau.

— C'est tout ?

Lisa hocha la tête en souriant.

— Cela m'a pris plus d'un an pour rassembler tout un assortiment de photos sur les différentes cascades existantes. J'ai essayé de choisir des angles de vue inhabituels. Certaines cascades se trouvent au milieu d'une végétation luxuriante, tandis que d'autres, plus éphémères, se situent dans des paysages arides.

— Ainsi, vous voyagez beaucoup ? demanda-t-elle. Mon fils aussi voyageait beaucoup autrefois.

Lisa regarda Tuareg.

— Mais ce n'est plus le cas ?

— C'est surtout Nura qui en avait envie. Elle adorait découvrir de nouveaux endroits et rencontrer de nouvelles personnes.

Yasmin posa sur son fils un regard préoccupé.

— Tu pourrais retourner dans ces endroits, l'encouragea-t-elle gentiment.

— Non, affirma-t-il en repoussant sa chaise

et en se levant. Si vous voulez bien m'excuser, j'ai du travail…

— Je vais rester bavarder un peu avec Lisa jusqu'à ce qu'il soit l'heure de partir à mon déjeuner, déclara Yasmin.

Après que Tuareg eut quitté le patio, les domestiques débarrassèrent rapidement la table, ne laissant que le thé glacé et les verres pour les deux femmes.

Yasmin jeta un œil à sa montre, puis sourit à Lisa.

— Je peux rester encore un moment. Racontez-moi comment vous avez rejoint l'équipe archéologique…

Une fois Yasmin partie, Lisa alla se reposer un peu.

A sa grande surprise, elle dormit plus d'une heure, et se réveilla revigorée. Elle testa sa cheville avec précaution, mais se rendit rapidement compte qu'elle n'avait pas miraculeusement guéri pendant qu'elle se reposait.

Quelques minutes plus tard, Maliq entrait dans la pièce, plusieurs maillots de bain à la main.

— Son Excellence voudrait savoir si vous désirez aller vous baigner ? Il fait une pause et vous propose de l'accompagner.

C'était une merveilleuse idée ! La maison était fraîche, mais elle adorerait pouvoir se plonger dans une piscine et profiter de ce luxe inattendu.

Moins de dix minutes plus tard, la femme de chambre la conduisit dans l'entrée, où Tuareg l'attendait. Il s'était changé et avait enfilé un short et un T-shirt, révélant ses longues jambes bronzées et ses bras musclés.

— Merci pour votre invitation. J'adore nager. Je ne sais pas si je vais en être capable avec ma cheville, mais je pourrai toujours profiter de la piscine, déclara-t-elle en essayant d'ignorer le léger frisson que la vue de cet homme avait provoqué en elle.

Celui-ci dit quelques mots à Maliq en arabe, puis poussa Lisa en direction de la piscine. Malgré le fin gravier de l'allée, il ne sembla pas avoir de difficulté à avancer. Au détour du chemin, la jeune femme découvrit une immense piscine à débordement et un Jacuzzi, avec les montagnes en arrière-plan.

— C'est fantastique ! murmura-t-elle.

Plusieurs grands palmiers ombrageaient une partie de la terrasse entourant la piscine.

— Vous savez nager, n'est-ce pas ? demanda-t-il en arrêtant le fauteuil au bord de l'eau.

— Oui.

Soudain, elle eut peur de retirer la serviette qui lui couvrait le corps.

Tuareg n'eut pas de telles appréhensions. Il ôta rapidement son T-shirt et son short.

Lisa ne put s'empêcher de le fixer. Il était superbe avec ses épaules larges et bronzées et ses muscles sculpturaux. Comme il la regardait, elle détourna rapidement les yeux, priant pour ne pas rougir. Puis elle retira la serviette de ses genoux et parvint à se mettre debout sur un pied.

— Je peux vous porter jusqu'en bas des marches, proposa-t-il.

— Non, ça ira, lui assura-t-elle.

Avant de changer d'avis, elle plongea dans l'eau limpide, bientôt imitée par Tuareg. C'était divin.

— Est-ce que ça va ?

— Il faut que j'évite d'utiliser ma jambe blessée, mais sinon, c'est merveilleux, dit-elle en souriant quand elle croisa son regard.

Les cheveux du cheikh étaient plaqués en arrière et son regard était impénétrable. Il se tourna et commença à faire des longueurs. Lisa le regarda un moment, avant de s'émerveiller du cadre où elle se trouvait et de la vue au loin. C'était si beau qu'elle en fut émue aux larmes.

*
* *

Quand elle se sentit suffisamment rafraîchie, elle nagea tranquillement jusqu'aux marches, puis les monta en sautillant et vint s'asseoir sur le bord de la piscine. Elle se réchauffa au soleil tout en laissant ses pieds tremper dans l'eau, suivant Tuareg du regard.

Prenant une dernière inspiration, il fit demi-tour et s'élança en prenant appui sur le mur avec son pied. Il jeta un œil à Lisa puis, ralentissant son allure, changea de direction et nagea vers elle.

S'accrochant au rebord, il secoua la tête pour chasser les gouttes d'eau qui coulaient sur son visage.

— Prête à partir ? demanda-t-il.

— Pas encore. Cet endroit est si charmant… J'imagine que vous vous baignez souvent dans votre piscine. Ne fait-il pas toujours chaud ici ?

— La plupart du temps, oui. Nous avons des températures plus fraîches en hiver, mais même à cette époque, il fait en général plus chaud ici que dans le reste du monde.

— A Seattle, il fait plus souvent froid que chaud. Y êtes-vous déjà allé ? demanda-t-elle.

— Non. J'ai visité San Francisco et Los Angeles, sur la côte Ouest.

— Allez-y si vous en avez l'occasion. La vue

est splendide quand le ciel est dégagé et que le soleil donne sur le mont Rainier. Cela arrive au moins deux fois par an, plaisanta-t-elle.

Il hocha la tête.

— Peut-être…

Lisa se tourna vers lui.

— Je tiens à vous remercier pour votre hospitalité. J'apprécie vraiment tout ce que vous avez fait pour moi. Cependant, je crois qu'il vaudrait mieux que je retourne sur le site. Le travail n'attend pas et il doit déjà commencer à s'entasser, déclara-t-elle.

— Le médecin vous a dit de ne pas poser le pied par terre pendant deux jours. Je peux vous prêter le fauteuil roulant, si vous voulez, proposa-t-il.

— Ce serait une aide formidable ! Merci, répondit-elle avec enthousiasme.

Il lui jeta un coup d'œil. La jeune photographe admirait la vue au-delà de la piscine à débordement. Elle n'avait fait aucune tentative pour flirter avec lui. Sans savoir pourquoi, cela l'agaça. Même avant la mort de Nura, les femmes essayaient souvent de le séduire, espérant sans doute qu'il finirait par la tromper. En vain…

— Nous partirons demain matin. Je piloterai l’hélicoptère pour que vous puissiez prendre les photos que vous voulez depuis le ciel, déclara-t-il.

4.

Le lendemain matin, la tête appuyée contre la vitre, Lisa regardait le paysage défiler sous ses yeux. Tuareg avait accepté de la ramener dans son hélicoptère. Elle aperçut au loin les tentes poussiéreuses du campement, puis commença à photographier le site et la piste à peine visible qu'avaient suivie jadis les caravanes.

— Vous voyez ça ? s'exclama-t-elle, tout excitée par sa découverte.

— Quoi ? demanda Tuareg.

Il avait installé la jeune femme sur le siège du copilote et lui avait donné un casque pour qu'ils puissent communiquer malgré le bruit du moteur. Mais elle était restée silencieuse.

— La piste là-bas, vous la voyez ? lui indiqua-t-elle. Les caravanes devaient passer par là, il y a plusieurs centaines d'années. La terre a tellement été tassée après le passage des chameaux que la végétation ne pousse plus. Pouvez-vous la suivre ?

Tuareg changea lentement de cap et commença à suivre la piste sur quelques kilomètres.

Lisa regarda le cheikh et lui sourit.

— Je ne sais pas si le responsable de l'équipe a déjà vu la piste depuis le ciel. Nous pourrions probablement la suivre et voir s'il existe d'autres campements. Y a-t-il une carte historique de la région ?

— Je n'en ai aucune idée, déclara Tuareg. Est-ce que cela vous suffit ?

Lisa regarda avec envie la piste qui semblait se poursuivre au-delà de l'horizon, puis hocha la tête à contrecœur.

— Merci, c'était fantastique.

Les autres femmes qu'il connaissait auraient tout tenté pour rester et assister à la fête dont sa mère avait parlé. Mais Lisa avait un sens profond du devoir. Elle préférait reprendre son travail difficile au sein des fouilles plutôt que de rester dans sa confortable demeure.

Dès qu'ils atterrirent, ils furent accueillis par plusieurs membres de l'équipe. Le plus petit d'entre eux semblait être le responsable.

— Voilà le Pr Sanders ! J'espère qu'il ne m'en voudra pas trop de le détourner de son travail.

Il est vraiment captivé par tout ce qui a déjà été découvert, expliqua Lisa tout en essayant maladroitement de défaire sa ceinture de sécurité.

Tuareg jeta un coup d'œil aux hommes et aux femmes qui attendaient Lisa avant de la soulever de son siège. Comme elle passait les bras autour de son cou, son visage se retrouva à quelques centimètres du sien. En se penchant un peu, elle aurait pu l'embrasser.

— Tenez bon, je vous sors de là dans une seconde, la rassura-t-il.

A la façon dont il la porta, elle comprit qu'il ne ressentait pas la même attirance irraisonnée qu'elle.

La porte s'ouvrit. Tuareg déplia les marches jusqu'au sol et les descendit, Lisa toujours dans les bras.

— Est-ce que quelqu'un pourrait prendre le fauteuil roulant à l'arrière ? lança-t-il au groupe.

L'un des hommes se précipita et apparut quelques secondes plus tard avec le fauteuil.

— Je m'appelle Tuareg, se présenta-t-il en y déposant la jeune femme.

— Merci de l'avoir raccompagnée, déclara un homme en tendant la main à Tuareg. Je suis le Pr Sanders, chargé de cette expédition. Elle nous a beaucoup manqué. Et remerciez Son Excellence de notre part de nous l'avoir ramenée.

Lisa ouvrit la bouche pour corriger le professeur, mais elle sentit la main de Tuareg se resserrer sur son épaule. Elle referma les lèvres, avant de lui jeter un regard interrogateur.

Tuareg se pencha vers elle et lui murmura à l'oreille :

— Laissez-les croire que je suis le pilote. Après tout, c'est la vérité et cela nous épargnera des explications inutiles.

Elle acquiesça d'un signe de tête. Elle n'y avait pas pensé, mais effectivement, si les membres de l'équipe savaient qui il était réellement, ils risquaient d'essayer de le convaincre de l'utilité des fouilles et de la nécessité de retarder la construction du barrage. Elle se tourna vers le Pr Sanders et commença à lui parler de la piste.

Il se montra tout aussi excité qu'elle et se déclara impatient de voir les photos qu'elle avait prises.

— Vous développez vos photos ici ? demanda Tuareg.

— Quand il fait nuit, oui.

Le Pr Sanders adorait avoir des visiteurs. Il s'assura rapidement que l'un des étudiants de l'équipe prenne Lisa en charge pour pouvoir faire visiter le site à Tuareg. Il raconta fièrement tout ce qu'ils avaient découvert.

Lisa regarda le cheikh s'éloigner.

— Sexy, commenta Jamie Farris, l'une des étudiantes diplômées qui participaient aux fouilles.

Lisa ne put s'empêcher d'acquiescer.

— Besoin d'aide ? demanda Paul en passant derrière le fauteuil roulant de Lisa et en la conduisant vers les tentes.

Là, elle découvrit des caisses remplies d'objets déterrés, déjà scellées et étiquetées.

— Je viendrai te chercher pour le déjeuner, lui proposa Paul avec un sourire joyeux.

Il lui fit un petit signe de la main avant de s'éclipser. Aucun des archéologues n'aimait s'éloigner trop longtemps du site des fouilles, et Jamie en profita pour le suivre.

D'un air résigné, Lisa regarda autour d'elle le travail qui s'était amoncelé pendant son absence. Elle poussa sur les roues et constata avec soulagement qu'elle arrivait à se déplacer sur le sol caillouteux. Munie de son appareil photo et de son zoom, elle se plongea rapidement dans son travail, oubliant la luxueuse villa et son hôte.

*
* *

Tuareg écouta attentivement le Pr Sanders. Il avait vu Lisa disparaître dans une grande tente située au centre du site. Elle ne s'était même pas retournée pour le regarder.

La jeune femme le laissait perplexe et l'intriguait tout à la fois. Son regard était franc et direct et son sourire presque contagieux. Chaque fois que quelque chose la ravissait, tout son visage semblait s'illuminer. Il pria pour qu'elle lui sourie encore une fois avant son départ.

Surpris par le cours de ses pensées, il se concentra sur les paroles du professeur. Cet homme était véritablement passionné par son travail.

— Expliquez-moi comment vous pouvez déterminer l'âge des objets que vous trouvez, l'encouragea Tuareg.

Sanders était très enthousiaste à l'idée d'avoir un nouvel interlocuteur. Tous les membres de son équipe, mis à part peut-être Lisa, en savaient presque autant que lui…

— Nous sommes très excités par cette découverte, reprit le professeur en lui montrant une petite statuette. Elle prouve avec certitude que les gens qui vivaient ici étaient en contact avec la Chine.

— Comment savez-vous qu'elle n'a pas été

abandonnée là bien après l'époque de Wadi Hirum ? s'enquit Tuareg.

Le professeur afficha un sourire épanoui, comme si Tuareg était un jeune étudiant novice en archéologie.

— Parce qu'elle était enterrée dans l'un des pots. L'âge du pot et la terre qui l'entourait correspondent au reste de ce que nous avons trouvé ici. N'est-ce pas magnifique ? Bien sûr, nous devons encore effectuer des tests de vérification. Je pense que l'un de vos universitaires pourra s'en charger, mais je suis sûr d'avoir raison.

Le Pr Sanders regarda la statuette avec amour.

— C'est une découverte incroyable, qui a motivé toute l'équipe. Nous espérons trouver d'autres trésors de ce type.

— Et qu'avez-vous déterré, à part cette pièce ? demanda Tuareg.

— Venez avec moi dans la tente qui nous sert d'entrepôt et je vous montrerai quelques objets récemment découverts. De plus, Lisa a rangé des photos de chaque objet dans des classeurs…

Quelques instants plus tard, Tuareg pénétra dans la grande tente. Lisa était assise à une table, son appareil photo posé sur un support et braqué sur une petite assiette. Elle leva les yeux quand ils entrèrent.

— Je me demandais si j'allais vous revoir avant votre départ, avoua-t-elle. Je voulais encore vous remercier de m'avoir secourue.

— C'est très agréable de montrer notre travail à une personne étrangère au projet, déclara le professeur. J'ai parlé à notre visiteur de vos classeurs. Cela vous ennuierait-il de lui montrer les objets que nous avons déjà découverts ?

— Avec plaisir…

Le professeur convia Tuareg à rester déjeuner et le laissa en compagnie de Lisa, qui lui montra l'album souvenir qu'elle avait commencé à constituer pour toute l'équipe du chantier de fouilles.

Tuareg regarda les clichés de la jeune femme et les trouva bons. Il fut d'autant plus impatient de voir ses ouvrages précédents.

— Je n'en vois aucune de vous, commenta-t-il.

— Je ne peux pas être à la fois devant et derrière l'appareil, lui fit-elle remarquer.

Il l'étudia jusqu'à ce qu'elle en ait terminé avec l'assiette.

— Donnez-moi votre appareil, que je vous photographie à votre table de travail.

Surprise, elle leva les yeux.

— Vous feriez ça ?

— Ne pensez-vous pas que tous les membres de l'équipe sans exception doivent figurer dans votre album souvenir ?

— J'imagine que oui, reconnut-elle en regardant son appareil avant de hausser les épaules. Si vous insistez…

La jeune femme modifia les paramètres de son appareil avant de le donner à Tuareg.

— Vous n'avez qu'à regarder dans le viseur, faire la mise au point en tournant l'objectif et appuyer sur ce bouton.

Il recula d'un pas et cadra l'image pour être sûr de la prendre avec la table et les objets déterrés. Il fit plusieurs clichés à partir de différents angles de vue.

— Dans combien de temps pensez-vous les avoir ? demanda-t-il.

— Je vais probablement développer quelques rouleaux cette nuit. J'ai hâte de voir les photos que j'ai prises du ciel.

Il jeta un coup d'œil à sa montre.

— A quelle heure déjeunez-vous ?

— Vers midi. Mais si vous devez partir, ils comprendront. Merci de m'avoir raccompagnée. Et merci pour tout.

— Je reviendrai demain avec le médecin

pour qu'il puisse réexaminer votre cheville. Et j'aimerais voir vos nouvelles photos aussi.

Une fois de plus, le sourire de la jeune femme fit briller ses beaux yeux bleus.

Tuareg hocha la tête et sortit. Il se demanda si c'était la joie qui donnait à ses yeux un tel éclat. Si c'était le cas, cela semblait indiquer qu'elle n'était pas mécontente à l'idée de le revoir...

Lisa entendit l'hélicoptère démarrer et s'élever dans les airs. Le cheikh était parti, mais il allait revenir.

Après le dîner, elle s'empresserait de développer ses pellicules. Elle espéra qu'elle avait réussi toutes ses photos : celles des ruines, du jardin et du service à thé dans la maison de Tuareg, ainsi que celles des pistes empruntées par les caravanes.

Le regard dans le vague, elle regretta de ne pas avoir pris de photo de Tuareg. Elle n'en avait cependant pas besoin pour se souvenir de l'homme sexy qu'il était, car chaque moment passé en sa compagnie était gravé dans sa mémoire. Plus tard, elle pourrait raconter à qui voudrait l'entendre sa rencontre avec un véritable cheikh arabe...

***

Le lendemain matin, Lisa fut ravie de constater que sa cheville lui faisait moins mal. Elle était sur la voie de la guérison.

Quand elle entendit l'hélicoptère, plus tard dans la matinée, elle manœuvra le fauteuil roulant jusqu'à l'entrée de la tente et jeta un œil à l'extérieur. La machine atterrit en douceur. Le Dr al Biminan descendit les quelques marches, suivi de Tuareg. En l'apercevant, la jeune femme sentit les battements de son cœur s'accélérer. Levant discrètement son appareil, elle prit une photo avec le téléobjectif qu'elle avait installé quelques instants plus tôt.

Quand il se tourna vers elle, elle avait déjà reposé son appareil sur ses genoux et changé l'objectif. Elle ne voulait pas qu'il puisse la soupçonner d'avoir volé sa photo. Ce cliché serait pour elle, et elle seule…

Lisa le regarda marcher vers elle avec détermination, le médecin sur les talons.

— Bonjour ! lança-t-elle pour les accueillir quand ils furent suffisamment proches.

— Comment va votre cheville ? demanda Tuareg.

— Beaucoup mieux grâce aux antalgiques, merci. J'ai pu m'appuyer dessus quelques instants aujourd'hui et je n'ai presque pas eu mal.

Le Dr al Biminan lui sourit et lui parla par l'intermédiaire de Tuareg.

— Le médecin vous a apporté une chaussure de maintien que vous devez porter jusqu'à ce que vous soyez complètement guérie.

Sans rien ajouter, Tuareg fit le tour du fauteuil roulant et le tourna pour qu'ils puissent entrer dans la tente.

Le médecin finit de l'ausculter rapidement avant de glisser le pied de la jeune femme dans la chaussure. Lisa se leva prudemment pour tester ce nouvel appareillage. Elle ne ressentit aucune gêne, mis à part un léger tiraillement.

Le médecin lui préconisa de ne pas abuser de ses forces.

— Quand il le faudra, je marcherai. Merci. Je continuerai à m'appuyer sur mon autre cheville tant que celle-ci ne sera pas complètement rétablie, promit-elle en inclinant légèrement la tête en signe de remerciement.

Tuareg traduisit à l'attention du médecin. Ce dernier sourit, hocha la tête puis quitta la tente.

— Repartez-vous déjà ? demanda Lisa.

— Le médecin veut jeter un œil aux fouilles. Il m'a avoué être intéressé par le projet, alors j'ai pensé qu'il serait heureux de visiter le site. Alors, quels nouveaux trésors avez-vous découverts depuis hier ?

— Rien de très excitant… J'ai pris des photos de la figurine en céramique. Le Pr Sanders m'a dit que vous l'aviez vue. N'est-elle pas magnifique ?

Lisa sortit une photo de la pile sur laquelle elle était en train de travailler.

— Magnifique, en effet…, murmura-t-il en étudiant la photo de la figurine. Ma mère a été ravie de faire votre connaissance, reprit-il un instant plus tard en reposant la photo.

Il sortit une petite enveloppe de sa poche et la tendit à Lisa.

La jeune femme l'ouvrit. C'était une invitation à passer le week-end avec Yasmin al Shaldor et à l'accompagner à l'anniversaire de sa nièce.

Lisa leva les yeux vers Tuareg.

— Elle m'invite pour le week-end ?

Le cheikh fronça brièvement les sourcils.

— Vraiment ?

Soudain, son regard se fit plus froid.

— Si vous acceptez, je peux envoyer l'hélicoptère vous chercher.

Perplexe, Lisa parcourut de nouveau la lettre. Elle était surprise par cette invitation. Elle avait apprécié certes sa discussion avec Yasmin, mais ne s'attendait pas à avoir de ses nouvelles et encore moins à ce qu'elle l'invite à passer le week-end chez elle.

La jeune photographe étudia le cheikh un moment.

— J'adorerais y aller, dit-elle. Mais votre mère sait-elle que je n'ai rien à me mettre ? Je n'ai pris aucune tenue habillée. Je ne pense pas pouvoir assister à l'anniversaire de votre cousine.

— Ne vous préoccupez pas de cela. Ma mère comprendra. Et vous pourrez porter la robe que vous aviez à la villa, dit-il en faisant référence à la tenue qu'il lui avait prêtée.

— Si cela convient, concéda-t-elle d'un air sceptique.

Levant la tête, elle surprit Tuareg en train de l'étudier intensément. Il détourna aussitôt son regard et ramassa un petit morceau de poterie.

— Cela fait partie d'un bol ?

La jeune femme hocha la tête.

Avec précaution, il reposa le morceau sur la table.

— Alors, vous allez accepter ? demanda-t-il.

— Oui. Remerciez votre mère pour moi. Résiderez-vous avec nous ?

— Non. Quand je ne suis pas dans le désert,

je séjourne dans ma villa. Ma mère dispose d'un appartement en plein cœur de Soluddai. Il est beaucoup plus pratique pour elle, quand mon père est en déplacement. Ils possèdent également une maison près de la mienne.

— Alors c'est dans cet appartement que nous logerons ? s'enquit-elle.

— Oui. Ce sera plus commode pour aller à la fête. Je dois rentrer, maintenant. J'enverrai l'hélicoptère vous chercher vendredi à 14 heures. Votre travail vous permettra-t-il de partir à cette heure-là ? demanda Tuareg.

— Je ferai en sorte de terminer avant, lui assura Lisa.

Elle n'arrivait pas à savoir s'il était contrarié qu'elle ait accepté l'invitation de sa mère ou non. Aurait-elle dû refuser ?

Soudain, il lui tendit la main. Surprise, Lisa la prit.

— Allez, montrez-moi comment vous marchez avec cette chaussure de maintien. Dès que je serai sûr que tout va bien, nous partirons.

Il l'aida à se lever.

Lisa fit quelques pas dans la tente. Elle était parfaitement capable de se débrouiller seule, mais sa main restait cramponnée à celle de Tuareg, qui ne semblait pas non plus pressé de la lâcher.

— Etes-vous retourné dans le désert ? demanda-t-elle.

— Pas encore. Mais je compte m'y rendre bientôt.

— C'était si beau ! J'espère pouvoir reprendre mes expéditions dès que j'irai mieux, déclara-t-elle.

— C'est trop dangereux pour que vous vous y rendiez seule, affirma-t-il.

— Vous y vivez bien seul, vous…

— C'est différent. Je connais le désert, dit-il.

— Et moi, j'apprends. Maintenant, je sais que je dois prendre un vêtement épais en cas de tempête de sable et beaucoup d'eau si je me retrouve bloquée quelque part.

— Le désert peut être impitoyable et inhospitalier.

— Pourtant, vous l'aimez, lui fit-elle gentiment remarquer.

Il ne répondit pas, mais tourna la tête en direction de l'ouverture de la tente. Il avait l'impression que la terre l'appelait…

— Si vous n'êtes pas retourné dans le désert, qu'avez-vous fait, à part me servir de chauffeur ? demanda-t-elle en s'asseyant de nouveau dans le fauteuil roulant.

Il lui jeta un coup d'œil.

— Quelques petites choses.

— Vous avez travaillé sur le barrage ?

— Ce sont des ingénieurs qui s'en occupent.

— Et qu'avez-vous étudié à l'université ?

— L'ingénierie mécanique. J'ai participé à la conception du barrage.

— Et que faites-vous d'autre ?

— C'est-à-dire ?

— Avez-vous un métier ? Allez-vous travailler tous les matins ? Enfin, j'imagine que si vous pouvez prendre le temps de promener vos hôtes dans votre hélicoptère, vous ne devez pas travailler à heures fixes.

— Je possède des bureaux en ville. La majeure partie de mon travail consiste à gérer certains projets pour mon oncle, expliqua Tuareg. Mais c'est tout récent. Avant cela, comme Nura adorait voyager, nous passions plus de temps hors du pays que chez nous. Nous étions, en quelque sorte, des ambassadeurs de Moquansaid. Enfin, c'est ce que disait souvent Nura. Elle adorait l'Europe.

— Vraiment ? s'étonna Lisa. Votre pays est pourtant si joli !

***

Debout à l'entrée de la tente, Tuareg fronça les sourcils. C'était une remarque anodine, mais qui le fit réfléchir. Il s'était déjà demandé pourquoi Nura préférait passer davantage de temps à l'étranger que dans son propre pays. Il lui avait pourtant donné carte blanche pour qu'elle décore la villa qu'il avait achetée après leur mariage. Bien sûr, elle avait insisté pour aller à Paris et à Londres afin de voir les articles qu'elle souhaitait acheter : des tissus, des dentelles délicates et des meubles anciens. Mais une fois la décoration achevée, elle n'avait pas eu davantage envie de rester à la maison. Elle aimait assister à des réceptions et acheter toujours de nouvelles robes et de somptueux bijoux.

Tuareg observa Lisa. Son enthousiasme était sincère. Elle avait été fascinée par sa tente dans le désert, par les jardins dans sa villa et par la vue qu'elle avait découverte depuis l'hélicoptère. Que trouvait-elle de si exaltant dans ces choses si communes ? Etait-ce la nouveauté, ou une attirance plus subtile ?

Tuareg désirait partir, maintenant. Il avait rempli son devoir en amenant le médecin et en donnant le billet de sa mère à Lisa. Il avait cru qu'il s'agissait d'une simple lettre de politesse, mais l'invitation de celle-ci l'avait surpris.

Ce matin, il avait pensé qu'il verrait la jeune femme pour la dernière fois, et s'en était presque réjoui. Elle avait réveillé des émotions en lui qu'il pensait ne plus jamais ressentir, et qu'il s'interdisait depuis la mort de Nura.

Alors pourquoi ressentait-il cette envie de caresser les cheveux de Lisa ? Pourquoi songeait-il à la ramener dans sa tente pour partager avec elle cet endroit si spécial pour lui ? C'était son refuge. Même Nura ne l'avait jamais accompagné là-bas…

— J'enverrai l'hélicoptère vous chercher vendredi, déclara-t-il.

Sans ajouter un mot, il partit en direction de l'appareil.

La jeune photographe n'était pas aussi belle que sa défunte femme, songea-t-il. Nura était grande, avec une sophistication naturelle. Ses cheveux noirs brillaient sous l'éclat du soleil ou à la lumière des bougies. Lisa, quant à elle, était plus petite, mais aussi plus ronde et d'un tempérament enjoué.

Quand le Dr al Biminan l'aperçut, il s'empressa de le rejoindre. Au moment où Tuareg démarra le moteur, il jeta un œil à la grande tente où étaient conservés les objets déterrés. Lisa se tenait devant. Il ne pouvait pas la voir distinctement à cette distance, mais il savait qu'elle le regardait. Pendant un court instant, il se sentit le cœur léger.

5.

Quand le vendredi arriva, Lisa n'était plus qu'une boule de nerfs. Elle avait mis ses plus beaux habits, tout en sachant pertinemment qu'ils ne conviendraient guère.

Elle entendit l'hélicoptère bien avant de le voir. Elle vérifia de nouveau le contenu de son sac : des vêtements, du maquillage et son journal... La sacoche de son appareil photo était posée à côté d'elle. Si elles partaient se balader, elle voulait être sûre d'être prête. Elle avait également emmené une copie de l'album souvenir pour pouvoir montrer le site des fouilles à son hôtesse.

Le Pr Sanders la rejoignit pour regarder l'appareil atterrir.

— Vous revenez dimanche, n'est-ce pas ? demanda-t-il.

— Oui, professeur, confirma-t-elle.

Quand le pilote descendit de l'hélicoptère, Lisa

ressentit un léger pincement au cœur. Tuareg n'était pas venu la chercher, trop occupé, sans doute, pour véhiculer l'invitée de sa mère. Lisa prit ses affaires et s'approcha de l'appareil.

— Ne vous habituez pas trop aux lumières de la ville ! lui cria le professeur tandis qu'elle s'éloignait.

Lisa secoua la tête. Elle aimait de plus en plus son travail et s'enthousiasmait presque autant que les archéologues quand ils faisaient de nouvelles découvertes. Peut-être partirait-elle travailler sur d'autres fouilles une fois ce projet fini ? L'été prochain, elle pourrait se retrouver au fin fond du Mexique ou dans une jungle lointaine, en Amérique du Sud. Elle aimait la tranquillité du désert, avec ce sentiment de vivre au plus près de la terre. Et la découverte de civilisations disparues la passionnait véritablement.

Mais elle était également très heureuse de s'évader quelques jours.

— Bonjour. Vous êtes Lisa Sullinger ? demanda le pilote en lui prenant son sac.

— Oui, c'est exact.

— Son Excellence m'a demandé de vous conduire jusqu'à l'appartement de sa mère.

L'homme lui désigna l'hélicoptère d'un geste

de la main. Quelques minutes plus tard, elle était assise sur l'un des sièges, côté fenêtre.

Le pilote prit place aux commandes de l'appareil.

— Son Excellence m'a également précisé que vous aimeriez voir la région depuis le ciel et m'a demandé de voler vers le sud sur une courte distance.

— Ce serait merveilleux ! s'exclama-t-elle en saisissant aussitôt son appareil photo. Je voudrais prendre les pistes que les caravanes ont empruntées, il y a plusieurs générations de cela.

Le pilote décolla et prit la direction du sud. Lisa regarda par la fenêtre, cherchant les traces de la piste sur le sol aride. Elle refusait de reconnaître qu'elle aurait préféré que Tuareg vienne la chercher en personne. Elle se concentra sur sa tâche actuelle et quelques instants plus tard, s'enthousiasma à la vue du chemin à peine visible. Occupée à prendre des photos, elle oublia rapidement la déception qu'elle avait éprouvée.

Une demi-heure plus tard, le pilote changea de cap et prit la direction du nord-ouest. Lisa s'installa plus confortablement sur son siège et regarda devant elle à mesure qu'ils s'approchaient de la capitale. Enfin, ils survolèrent un immeuble élevé et se posèrent lentement sur le toit. Deux gardes en uniforme étaient postés devant la porte qui menait à l'escalier.

L'immeuble se trouvait près du centre de Soluddai. D'autres grands bâtiments entouraient celui sur lequel ils avaient atterri.

— L'un des gardes va vous escorter jusqu'aux appartements de Mme al Shaldor, déclara le pilote en ouvrant la porte et en sortant les marches télescopiques de l'hélicoptère.

— Merci pour ce vol si agréable, lui répondit chaleureusement Lisa en rassemblant ses affaires.

Le pilote saisit son sac et la sacoche contenant son appareil photo et les tendit à l'un des hommes qui attendait en bas des marches.

L'ascenseur descendit quelques étages silencieusement avant de s'arrêter et de s'ouvrir sur un petit hall. Il n'y avait qu'une seule porte. Lisa comprit que Yasmin et son mari devaient occuper tout l'étage.

— Bienvenue, dit une femme de chambre en invitant Lisa à entrer. Madame est dans le salon, si vous voulez bien me suivre…

L'appartement était immense, et Lisa entra dans une pièce ensoleillée aux murs recouverts de soie jaune, et dont les fenêtres offraient une vue magnifique sur la ville.

Yasmin se leva du canapé et alla à la rencontre de Lisa.

— Je suis si contente que vous ayez accepté mon invitation…

Elle lui sourit chaleureusement et l'invita à s'asseoir sur le divan.

— J'ai demandé que l'on nous apporte du thé. Comment va votre cheville ?

— Beaucoup mieux, affirma Lisa en montrant la chaussure de maintien bleu foncé qu'elle portait. Grâce à cela, je ne ressens qu'une légère gêne en marchant.

La femme de chambre entra dans la pièce avec un plateau en argent. Sur celui-ci étaient posés une lourde théière, des tasses et des soucoupes en porcelaine fine, ainsi qu'un assortiment appétissant d'amuse-bouches salés et sucrés.

— Ça a l'air délicieux, remarqua Lisa.

— L'un des plaisirs de voyager consiste à découvrir les coutumes d'autres pays et à les adopter quand elles nous plaisent. Depuis que je suis allée aux Etats-Unis, j'aime manger du pop-corn en regardant des vidéos, avoua Yasmin en souriant.

Lisa éclata de rire.

— C'est une tradition très raffinée !

— Racontez-moi comment vous avez pu travailler cette semaine avec votre cheville blessée.

Lisa demanda que quelqu'un lui apporte sa sacoche avec son appareil photo. Elle se mit ensuite à expliquer la vie de l'équipe sur le site archéologique, tout en montrant les clichés qu'elle avait apportés et en sirotant un délicieux thé à la crème. Elle se serait crue en plein cœur de Londres.

Le lendemain soir, Lisa se sentait aussi à l'aise avec Yasmin qu'elle l'était avec la plupart de ses amis. Son hôtesse faisait preuve d'une bienveillance remarquable. Les repas étaient délicieux et la conversation animée et charmante.

La princesse avait fini par persuader Lisa d'assister à la soirée d'anniversaire de sa nièce, et avait même organisé une séance de shopping pour lui trouver une robe, que Lisa avait insisté pour payer, au grand désarroi de son hôtesse.

Lisa était ravie de la couleur rose intense et de la coupe simple de la robe de soirée qu'elle avait trouvée. Elle avait également acheté des chaussures confortables à talons plats, qui ne blessaient pas sa cheville, car elle refusait de porter sa chaussure de maintien à une soirée.

De toute façon, elle avait prévu de rester assise le plus possible.

Lisa avait proposé de prendre un petit appareil pour photographier la reine de la fête et constituer un album souvenir de la soirée, qu'elle offrirait comme présent. Yasmin s'était montrée enthousiaste à cette idée. Celle-ci lui avait fixé rendez-vous dans le salon, où devait les rejoindre Tuareg, qui les accompagnerait à la soirée.

A mesure que l'heure avançait, Lisa se sentait de plus en plus nerveuse. Elle n'était pas sûre que ce soit une bonne idée d'assister à cette fête de famille où tout le monde ne parlerait que l'arabe.

Quand la jeune femme entra dans le salon, elle vit son hôtesse, qui semblait presque aussi nerveuse qu'elle.

— J'espère qu'il va venir, murmura Yasmin.

— Qui ? demanda Lisa.

— Tuareg. Il n'a assisté à aucune réunion familiale depuis la mort de Nura. Il a promis de nous escorter là-bas ce soir, mais j'ai peur qu'il n'annule au dernier moment.

— Est-elle morte récemment ? demanda Lisa.

Elle connaissait si peu cet homme et son passé !

— Cela fait trois ans. Ça a été une tragédie. Ils formaient un couple parfait. Elle adorait organiser de grandes fêtes et elle aurait adoré celle de ce soir…

Yasmin poussa un soupir triste.

— Que s'est-il passé ? demanda Lisa.

— Rupture d'anévrisme. Personne ne s'y attendait. Brusquement, elle s'est mise à hurler de douleur, a pris sa tête entre ses mains et s'est évanouie. Quelques instants plus tard, elle était morte. Nous étions tous sous le choc. Elle n'avait que trente ans.

Seulement un an de plus que Lisa !

— C'est horrible, murmura-t-elle. Et ils n'avaient pas d'enfants ?

— Non. Nura aimait trop voyager pour se fixer. J'imagine qu'ils auraient fini par en avoir mais maintenant, Tuareg ne me donnera plus de petits-enfants. Il y a une photo d'elle sur la table, là-bas.

Lisa se leva et s'approcha du portrait. Celui d'une femme sublime, qui riait devant l'objectif, au côté d'un Tuareg visiblement amoureux.

— Il peut encore se remarier, fit remarquer Lisa.

Yasmin secoua tristement la tête.

— Aucune autre femme ne pourra ravir son

cœur comme Nura l'avait fait. J'ai d'autres enfants et j'espère qu'ils me donneront tous des petits-enfants. Mais pas lui…

Lisa reposa la photo au moment où Tuareg ouvrait la porte.

Il plissa les yeux en comprenant ce que Lisa était en train de regarder. Mais la jeune femme ne parvint pas à déchiffrer son expression.

— Tuareg, nous nous demandions justement quand tu allais arriver ! dit Yasmin en se levant. Nous sommes prêtes. Lisa a proposé de prendre des photos au cours de la soirée et d'offrir un album souvenir à Jeppa, comme cadeau d'anniversaire.

— Dans ce cas, ma cousine risque d'être doublement ravie. Je lui ai apporté un des livres de Lisa comme cadeau, avoua-t-il.

— Vraiment ? s'exclama la jeune femme, surprise.

— Celui avec les enfants et les aires de jeux, précisa-t-il.

Elle était touchée que son travail lui plaise à ce point.

La limousine qui les attendait était somptueuse, et Lisa eut soudain l'impression de vivre un conte de fées.

Ils arrivèrent rapidement à la maison de l'oncle

de Tuareg. De nombreux invités étaient déjà présents. Il y avait là des gens de tous âges, et le rire semblait être le mot d'ordre de la soirée.

Une fois à l'intérieur, elle découvrit un décor magnifique. Des lumières brillaient partout, faisant étinceler les parures des femmes et les tissus chatoyants de leurs robes. Dans leur costume sombre, les hommes rivalisaient d'élégance, et tous étaient vêtus à l'occidentale. Elle en fut surprise, s'attendant à voir des costumes traditionnels arabes. Ils mirent plusieurs minutes à traverser le hall d'entrée pour venir saluer la cousine de Tuareg.

Quand ils arrivèrent devant elle, Jeppa parut surprise de voir son cousin. Elle se jeta dans ses bras et l'embrassa, avant de déverser sur lui un flot de paroles. Sortant son appareil de son petit sac à main, Lisa prit rapidement une photo. Quelques instants plus tard, Tuareg parvint à se dégager de l'étreinte de sa cousine.

— Jeppa, je te présente l'invitée de ma mère, Lisa Sullinger. Ma cousine, Jeppa…

— Joyeux anniversaire, Jeppa ! lança joyeusement Lisa. J'espère que ma présence ne vous importune pas trop.

— Au contraire. Je suis ravie de vous rencontrer, déclara la jeune femme en riant, avant de prendre

Tuareg par le bras. Je suis si contente que tu sois venu ! C'est le plus beau cadeau d'anniversaire qu'on pouvait me faire. Tante Yasmin !

Et elle continua sa conversation en arabe.

— Venez, nous allons chercher quelque chose à boire. Et je vais vous présenter d'autres membres de la famille, lui proposa Tuareg en s'éloignant de son exubérante cousine.

Tuareg semblait connaître tous les invités. Il présenta Lisa à un couple qui se tenait près de l'une des grandes fenêtres, mentionnant le fait qu'elle travaillait sur le site de Wadi Hirum. Tout le monde paraissait intéressé par les fouilles. Certaines personnes échangèrent quelques regards que Lisa essaya en vain d'interpréter. Etait-ce étrange qu'elle assiste à une fête réunissant famille et amis de longue date du cheikh ?

Dès qu'elle en eut l'occasion, elle s'écarta légèrement et sortit son appareil.

— Il faut vraiment que je prenne quelques photos pour Jeppa, dit-elle. Je peux me débrouiller, si vous voulez aller bavarder avec des amis.

Sa douleur à la cheville commençait à se réveiller. Elle ferait mieux de trouver une chaise pour se reposer un peu.

— Dites-moi ce que vous voulez photographier, lui dit Tuareg.

— Serait-ce inconvenant si je me promenais pour prendre quelques photos sur le vif ? demanda-t-elle.

— Pas du tout, allons-y.

— Ça va aller, merci. Vous pouvez rejoindre vos amis.

Tuareg jeta un rapide coup d'œil à un groupe de personnes avant de porter de nouveau son attention sur Lisa.

— J'ai parlé à tous ceux avec qui j'avais envie de discuter.

— Oh ! s'exclama-t-elle, un peu surprise.

Mais elle tenait à offrir à son hôtesse un album souvenir de cette soirée et commença à étudier la foule, s'appliquant à prendre des photos bien cadrées. Puis, elle s'approcha de Jeppa, car il ne fallait pas oublier la reine de la soirée.

A peine avait-elle levé son appareil qu'un homme apparut devant elle et le lui arracha des mains.

— Hé ! se défendit-elle.

Tuareg s'approcha et échangea quelques mots avec l'homme. Ce dernier hésita un moment, puis finit par lui rendre son appareil en inclinant légèrement la tête, mais sans quitter la jeune femme des yeux.

Elle vérifia l'état de son appareil photo. Il était intact.

— Un photophobe ? murmura-t-elle en lançant à l'homme un regard furieux.

— Non, il s'assure juste que personne ne prend de photos indésirables. Je lui ai expliqué que vous étiez avec moi et que vous agissiez avec l'accord de la famille.

— Ah ! s'étonna-t-elle, un peu déçue que sa surprise ait été découverte. Jeppa est-elle au courant également ?

— Non. Si elle le remarque, elle pourrait ne pas apprécier. Continuez…

Lisa sourit à son ton autoritaire.

— Bien, chef !

Elle prit plusieurs bonnes photos de Jeppa en train de danser avec son père, de rire avec des amis, et également un cliché avec sa tante Yasmin.

— Mettez-vous près d'elle et je vous prendrai tous les deux, ordonna-t-elle à Tuareg.

— Pas maintenant, dit le cheikh d'une voix absente.

Il regarda les gens danser et rire depuis les fenêtres ouvertes. Nura aurait adoré être là, à saluer tout le monde, bavarder et planifier les prochaines réceptions…, songea-t-il.

— Peut-être pourrions-nous nous asseoir là-bas ? Mon pied me fait un peu mal, reconnut Lisa.

— Vous auriez dû me le dire plus tôt, la sermonna-t-il en la prenant par le bras et en la conduisant sous une petite tonnelle.

Une fois que Lisa fut assise, elle examina sa cheville.

— C'est un peu douloureux, mais ça va passer. Je suis juste restée debout trop longtemps, dit-elle en se massant.

— Voulez-vous rentrer à la maison ? demanda-t-il.

Elle leva la tête pour le regarder.

— Déjà ?

Il réprima un sourire.

— Personnellement, cela fait déjà deux heures que je suis prêt à partir.

— Et votre mère ?

— Je vais voir si elle préfère partir ou rester un peu, auquel cas je dirai au chauffeur de repasser la chercher.

— Cela ne va pas paraître trop impoli de partir si tôt ?

— J'en ai assez, et je suppose que vous aussi. Avec votre cheville, vous avez une excuse toute trouvée et personne ne s'en sentira offusqué.

Attendez-moi ici, je n'en aurai pas pour longtemps.

Il traversa la foule, ravi d'avoir un prétexte pour partir. Après avoir parlé à sa mère, qui désirait rester davantage, il s'approcha de sa cousine. Il lui souhaita de nouveau un bon anniversaire, avant de lui annoncer leur départ.

Elle sourit joyeusement.

— Je suis ravie que tu sois venu. J'ai été enchantée de rencontrer ton amie, dit-elle avec un regard en direction de Lisa.

Il se demanda ce qu'elle était en train de s'imaginer. L'espace d'un instant, il faillit le lui demander, mais préféra se taire.

— J'ai hâte de pouvoir la connaître davantage, reprit Jeppa. Je sais que cette soirée a dû être difficile pour toi, car c'était la première fête sans Nura. Elle nous manque à tous. Mais je suis heureuse que tu aies retrouvé quelqu'un.

— Cette jeune femme est l'invitée de ma mère, répliqua Tuareg d'un air tendu.

Jeppa éclata de rire.

— Bien sûr ! Il serait inconvenant qu'elle réside chez toi sans chaperon. Ta mère le sait très bien.

Après avoir embrassé sa cousine, Tuareg s'en alla. Jeppa venait de confirmer ce qu'il avait soupçonné quand il avait vu la lettre de sa mère pour Lisa : elle essayait de jouer les entremetteuses…

Tuareg revint vers Lisa, ignorant les gens qui lui parlaient. La jeune femme était-elle au courant des projets de sa mère ?

— Vous êtes prête ? demanda-t-il.

— Absolument, dit-elle en se relevant.

Elle resta un moment debout, comme si elle essayait de se donner du courage, puis avança lentement en boitillant.

— Voulez-vous que je vous porte ? demanda-t-il.

— Mon Dieu, non ! Ce serait si embarrassant…

Quelques instants plus tard, la limousine les déposa devant l'immeuble de sa mère, et il escorta la jeune femme. Il la ferait entrer et partirait aussitôt.

— Appréciez-vous votre séjour ici ? demanda-t-il quand l'ascenseur s'arrêta à l'étage.

— Beaucoup. Votre mère et moi sommes allées faire les boutiques aujourd'hui. Elle m'a ensuite gentiment accompagnée pour une visite touristique pour que je puisse avoir une première idée de ce que je voudrais photographier avant de partir, à la fin de l'été. J'aurais bien pris quelques photos aujourd'hui, mais je n'ai pas apporté mon meilleur appareil. Votre ville est si belle…

Il sortit de l'ascenseur et déverrouilla la porte de l'appartement. S'écartant pour laisser passer Lisa, il la suivit à l'intérieur. Elle boitait encore plus que tout à l'heure. Les lumières étaient allumées dans l'entrée, mais le reste de l'appartement était plongé dans l'obscurité. Comme s'ils s'étaient donné le mot, ils s'avancèrent en direction du salon.

— Quelle vue extraordinaire ! s'extasia doucement Lisa quand ils pénétrèrent dans la pièce.

Les baies vitrées offraient un magnifique panorama sur les lumières scintillantes de la capitale. L'obscurité de la nuit mettait en valeur l'éclat des lumières des bureaux, des rues et des maisons.

— N'allumez pas, supplia-t-elle en traversant le salon pour s'approcher des grandes fenêtres. C'est plus spectaculaire ainsi.

Ils restèrent silencieux un bon moment.

— Vous avez bien des lumières à Seattle ? dit enfin Tuareg.

— Bien sûr, mais cela ne m'empêche pas d'être impressionnée par Soluddai. N'est-ce pas magnifique ?

Comme il ne répondait pas, elle lui jeta un

rapide coup d'œil. Il regardait par la fenêtre, mais elle n'était pas sûre qu'il voyait la même chose qu'elle.

— Tuareg ?

Il tourna la tête vers la jeune femme.

— Oui ?

— Grâce à vous, j'ai passé une merveilleuse soirée, alors que je ne pensais pas m'y amuser.

— Pourquoi ça ?

— Je ne parle pas votre langue et je n'ai pas l'habitude de côtoyer votre univers.

Il la regarda avant de détourner les yeux pour fixer le panorama. C'était plus facile de se souvenir qu'elle n'était que l'invitée de sa mère quand il ne la regardait pas.

Les yeux de la jeune femme étaient sombres et mystérieux dans la lumière pâle du paysage urbain, et ses cheveux étaient aussi noirs que ceux de Nura. Pendant un court instant, il regretta de ne pas l'avoir rencontrée dans une autre vie, à une autre époque.

— Mon univers ?

— Oui. Les cheikhs représentent l'aristocratie arabe, n'est-ce pas ? J'ai l'habitude de côtoyer des gens plus simples.

— Mais nous sommes normaux ! A vous entendre, on croirait que nous sommes des êtres exceptionnels, dit-il en tentant de mieux la distinguer dans l'éclairage tamisé.

Lisa haussa les épaules. Pour elle, Tuareg était unique, car il était l'ambassadeur de son pays auprès du monde entier. C'était aussi un homme attentionné, qui essayait d'améliorer la vie des nomades. Toutefois, il semblait seul. Il montrait certes qu'il se suffisait à lui-même, mais il était évident qu'il se sentait différent de ses amis et de sa famille.

Lisa continua de regarder par la fenêtre. Mais au lieu de profiter de la vue, elle se rappela le moment où Tuareg l'avait prise dans ses bras pour la protéger du vent qui faisait rage autour d'eux. L'événement qu'ils avaient vécu avait été effrayant, mais elle n'avait pas eu peur. Il avait le don de rassurer n'importe qui.

Ouvrant brusquement les yeux, elle recula d'un pas, surprise par le cheminement de ses pensées. Elle allait lui dire bonne nuit poliment et s'esquiver dans sa chambre quand il fit un mouvement pour l'arrêter tout en plongeant son regard sombre et indéchiffrable dans le sien.

— J'ai aimé ma femme passionnément, dit-il. Je n'ai aucune intention de la remplacer.

Surprise, Lisa cligna des yeux.

— Très bien…, répondit-elle.

— Alors si vous pensez que ma mère a des intentions vis-à-vis de nous, soyez certaine que je n'étais pas au courant.

— Je n'ai jamais pensé une telle chose ! Vous croyez que votre mère essaie de jouer les entremetteuses ?

— Elle est heureuse en ménage et aimerait me voir heureux moi aussi, expliqua-t-il simplement.

— Eh bien, il faut lui faire comprendre que votre vie vous convient telle qu'elle est.

Lisa se libéra de l'étreinte du cheikh.

— Peut-être devrions-nous nous dire au revoir maintenant. Vous serez alors rassuré sur le fait que je n'ai aucune intention vis-à-vis de vous, s'exclama-t-elle, blessée par son sous-entendu. Je louerai un véhicule pour rentrer au campement. Je n'ai plus besoin de vous, ni de votre aide !

— Le terme « intention » est sans doute trop fort. Peut-être voulez-vous juste voir comment les choses peuvent évoluer ?

— Et pourquoi les choses évolueraient-elles ? demanda la jeune femme. Vous m'avez gentiment sauvée d'une chute et d'une tempête de sable. Maintenant, je vais mieux et nous n'avons plus aucune raison de nous revoir. Je remercierai votre mère pour son hospitalité et je retournerai sur le site. Si elle reprend contact avec moi, je prétexterai une surcharge de travail. Cela devrait vous protéger…

Lisa était en colère, c'était évident. Il avait voulu clarifier les choses, et non la contrarier.

— Ma mère pense qu'elle me rend service. Elle s'inquiète du fait que je ne me sois pas remis de la mort de ma femme.

— Elle sait que vous aimiez votre femme. Mais elle m'a avoué qu'elle ne s'attendait pas à vous voir vous remarier. Je pense que vous vous imaginez des choses.

— Jeppa a le même sentiment, se défendit-il.

— Je ne peux pas empêcher votre cousine de penser ce qu'elle veut. Merci de m'avoir ramenée. Il faut vraiment que j'aille me coucher pour soulager ma cheville. Bonne nuit…

Il l'étudia dans la faible lueur de la lune.

— J'aimerai toujours Nura…

— Eh bien, dans un sens, c'est parfait, car aucune femme n'aurait envie de rivaliser avec un fantôme. Bonne nuit, Tuareg.

Elle se tourna de nouveau mais une fois de plus, il l'en empêcha.

Brusquement, une lumière vive emplit la pièce. Surprise, Lisa cligna des yeux. L'une des femmes de chambre de Yasmin se tenait sur le pas de la porte. Elle parut étonnée. Elle dit quelques mots en arabe avant d'incliner cérémonieusement la tête et de s'éclipser.

Traversant la pièce en quelques enjambées, Tuareg la rappela.

Lisa mit un moment avant de reprendre le contrôle de ses émotions. Comment avait-il osé suggérer qu'elle puisse avoir des vues sur lui, quand c'était sa mère qui l'avait invitée ? De toute façon, elle savait qu'ils n'appartenaient pas au même monde et qu'ils ne seraient jamais plus que de simples connaissances.

La tête droite, elle s'avança jusqu'à la porte.

Passant à une distance respectueuse de Tuareg et de la domestique, elle leur souhaita bonne nuit et s'engagea dans le couloir qui menait à sa chambre. Tuareg l'appela, mais Lisa ne se retourna pas. Ce n'est que quand elle referma la porte qu'elle respira de nouveau.

— Lisa ? dit Tuareg en frappant au battant.

— Allez-vous-en…

Elle se retourna, face à la porte, s'attendant à le voir faire irruption dans la pièce.

— Je tiens à m'excuser si je me suis trompé.

— J'accepte vos excuses. Et oui, vous vous êtes trompé ! Bonne nuit.

— Si vous voulez bien me laisser vous expliquer…

— Il n'y a rien à expliquer. Ne rendons pas les choses plus difficiles qu'elles ne le sont.

Elle attendit en tendant l'oreille pour essayer de percevoir le moindre son provenant de l'autre côté de la porte. De longues secondes s'écoulèrent dans un silence absolu. Un prince arabe ne pouvait pas tomber amoureux d'une simple photographe. Elle le savait, et n'avait surtout pas besoin qu'il le lui rappelle.

6.

Le lendemain matin, Lisa salua son hôtesse avec une certaine réserve. Elle ne pouvait s'empêcher de se demander si les soupçons de Tuareg envers sa mère étaient fondés. Pour quelle autre raison cette femme se serait-elle liée d'amitié avec elle ? Lisa avait apprécié son séjour chez elle et trouvé son hôtesse vraiment charmante, mais elles avaient peu de choses en commun, en fin de compte.

Dès que Lisa se fut assise à la table de la salle à manger, la femme de chambre entra, un plateau à la main. Celui-ci était garni d'un pot de chocolat chaud, d'une cafetière pleine, ainsi que d'une corbeille contenant des fruits frais et des croissants.

— Je dois rentrer au campement plus tôt que prévu, annonça-t-elle, espérant que Yasmin ne lui pose aucune question.

— Quel dommage ! Moi qui espérais que nous pourrions aller voir une de mes amies, cet après-midi.

— Cela aurait été avec plaisir, mais le travail sur le site ne peut pas attendre. Nous sommes confrontés à une échéance précise et j'ai ma part de travail à accomplir. En outre, plus vite je développerai les photos que j'ai prises hier soir, plus tôt je pourrai offrir l'album souvenir à Jeppa.

— Restez déjeuner avec moi et je m'assurerai que quelqu'un vous ramène, si c'est ce que vous désirez, insista Yasmin.

Lisa sourit et hocha la tête. Son cœur se mit à battre plus fort quand elle songea que Yasmin risquait d'appeler Tuareg pour qu'il la ramène en hélicoptère. La veille au soir, il lui avait clairement fait comprendre que son cœur n'était pas à prendre.

Elle mordilla dans son croissant, regrettant de ne pas avoir plus d'appétit. Mais la simple idée de revoir Tuareg lui nouait l'estomac. Elle pouvait sûrement faire comme si de rien n'était et le traiter comme avant. Elle n'avait rien fait de mal, après tout.

— La fête d'anniversaire de Jeppa vous a-t-elle plu ? demanda Yasmin.

Heureuse que son hôtesse ait lancé un sujet de conversation neutre, Lisa répondit volontiers. La mère du cheikh n'hésita pas à partager avec son invitée les potins sur les membres de sa famille présents à la soirée. Lisa ne se souvenait pas de la moitié des gens dont elle lui parlait, mais s'amusa à entendre brosser le portrait de chacun.

Le temps passa très vite et l'heure du départ arriva. Quand Yasmin entendit frapper à la porte, elle regarda avec impatience en direction de l'entrée. Quelques secondes plus tard, Tuareg apparut. Son regard se posa immédiatement sur Lisa, qui lui sourit timidement et détourna aussitôt les yeux, sentant les battements de son cœur s'accélérer. Alors qu'elle espérait qu'il envoie son pilote, il était venu en personne.

Les adieux furent rapides. Deux minutes plus tard, Lisa prenait place à bord de l'appareil. L'homme qui était venu la chercher vendredi était assis aux commandes. Lisa prit le même siège qu'à l'aller et Tuareg s'installa sur celui du copilote, jetant un œil derrière lui pour vérifier qu'elle avait bien bouclé sa ceinture.

Il lui avait à peine dit deux mots, songea-t-elle en essayant de contrôler son envie de regarder cet homme tout au long du vol.

La ville brillait dans le soleil de l'après-midi,

et la blancheur des immeubles lui faisait presque mal aux yeux. Lentement, l'hélicoptère se souleva. Elle appuya son front contre la vitre pour un dernier coup d'œil, quand l'appareil tourna et prit la direction du campement. Elle toucha sa cheville, ressentant de nouveau une vive douleur. Le fait d'être restée debout la veille au soir n'avait pas été une très bonne idée.

Quand ils atterrirent au campement, Tuareg descendit les marches en premier et se tourna vers Lisa pour lui offrir son aide. Au moment où elle mit sa main dans la sienne, elle sentit un frisson de désir parcourir son corps. Elle leva les yeux vers lui et vit qu'il la regardait.

Passant sa langue sur ses lèvres devenues sèches, elle posa son pied par terre et retira rapidement sa main. Le pilote lui tendit son sac et la sacoche de son appareil photo, que Tuareg s'empressa d'attraper au passage.

— Je vous raccompagne à votre tente, dit-il.

— Je peux me débrouiller seule, merci, répliqua-t-elle en tendant les bras pour récupérer ses bagages.

Il ignora sa remarque et lui fit signe d'avancer vers le centre du camp.

— Allez-y…

Réprimant un soupir, elle céda. A quoi bon résister ?

Les autres membres de l'expédition se reposaient, comme tous les dimanches après-midi. Certains leur firent signe en les voyant passer, mais personne ne se leva pour venir les rejoindre.

L'air était chaud, sans le moindre souffle de vent. La seule ombre du camp était celle procurée par les tentes et les auvents. Tuareg s'arrêta devant l'habitation de la jeune femme et lui tendit ses sacs. Il jeta un œil autour d'eux avant de se pencher vers elle pour lui parler doucement.

— J'espère que vous acceptez mes excuses.

— Bien sûr. Ce n'était qu'un malentendu, lui assura-t-elle.

Mais elle ne put s'empêcher de penser qu'elle était bien plus mal à l'aise avec lui qu'auparavant. La fête de la veille et ses accusations proférées prouvaient bien qu'elle avait passé deux jours dans un monde imaginaire. Elle ferait mieux, désormais, de garder la tête sur les épaules.

Mais c'était difficile, avec le visage de Tuareg si près du sien. En s'approchant d'à peine cinq centimètres, elle pourrait poser ses lèvres sur sa joue. Répondrait-il à ce geste par un véritable baiser ?

— Au revoir. Et merci pour le vol.

Reprenant ses esprits, Lisa recula, impatiente de partir. La tête haute, elle tendit les mains pour récupérer ses bagages.

Tuareg comprit qu'il venait d'être congédié, et resta abasourdi l'espace d'un instant. Rendant ses sacs à Lisa, il la regarda entrer dans sa tente.

Nura aurait-elle aimé la jeune photographe ? Cette Américaine était si différente de la plupart des femmes qu'il connaissait ! Elle possédait une fraîcheur attendrissante et un enthousiasme qui le captivait. Il avait été prompt, la veille au soir, à l'accuser d'intriguer avec sa mère en vue de l'épouser. S'il avait pris le temps d'y réfléchir, il aurait réalisé que sa mère aurait voulu qu'il se marie avec une femme de Moquansaid et non avec quelqu'un qui venait du bout du monde.

Qui plus est, Lisa n'avait jamais essayé de flirter avec lui. Et elle ne lui avait même jamais donné l'impression qu'elle était intéressée.

Il se retourna et se dirigea vers l'hélicoptère. Il garderait contact avec le site par radio dorénavant, afin de s'assurer que Lisa n'aurait plus besoin de soins médicaux.

Le Pr Sanders accourut vers lui, visiblement impatient de pouvoir lui parler.

— Cheikh al Shaldor, je ne vous avais pas

reconnu lors de vos précédentes visites. Nous sommes absolument ravis de vous revoir parmi nous ! Y a-t-il quoi que ce soit que je puisse vous montrer ou vous expliquer sur ce projet ?

Tuareg remercia le professeur.

— Votre visite guidée de la dernière fois était excellente. Vos découvertes vont au-delà de nos espérances, et mon oncle est ravi.

— C'est si fascinant ! Je serais enchanté si vous acceptiez de rester plus longtemps pour découvrir avec nous la prochaine parcelle que nous allons mettre au jour. Nous craignons de perdre des données importantes si nous n'agissons pas rapidement. Le risque d'endommager des objets anciens est grand, mais le temps nous est compté. A moins que nous puissions obtenir un délai supplémentaire ? demanda-t-il, plein d'espoir.

— Cela n'est pas de mon ressort, déclara Tuareg.

Les fouilles retardaient déjà son projet de barrage et lui coûtaient de l'argent.

— Peut-être pourriez-vous parler à votre oncle en notre faveur ? demanda timidement le professeur.

— Non. Pour ce qui me concerne, j'ai hâte de voir les fouilles se terminer, car je suis personnellement impliqué dans la construction du barrage.

— Oh, je vois… Si vous restez un peu sur le site, vous pourrez voir ce que l'on y découvre et en apprendre davantage sur les gens qui ont vécu ici. Peut-être comprendrez-vous alors mieux l'utilité des fouilles que nous entreprenons ?

Arrivé à l'hélicoptère, Tuareg jeta un œil en direction de la tente de Lisa. Aurait-il le temps de revenir ?

Il fut surpris de s'apercevoir qu'il en avait envie.

— Peut-être, répondit-il d'un air distrait. Je vous contacterai si je décide de repasser.

Il verrait bien s'il oubliait la jolie photographe au cours des prochains jours. Si ce n'était pas le cas, peut-être reviendrait-il faire une petite visite sur le site…

— Nous serions enchantés de vous recevoir pendant un jour ou deux. Nos logements ne ressemblent certainement pas à ceux dont vous avez l'habitude, mais je pense que vous trouverez le travail si fascinant que vous oublierez les désagréments de nos installations, déclara le professeur.

— Je suis habitué à camper, déclara Tuareg.

Puis, avec un mot d'adieu, il remonta dans l'hélicoptère, qui décolla presque aussitôt.

Lisa s'assit sur son lit de camp. Il était parti ! Elle avait l'habitude des adieux, et les premiers qu'elle avait connus avaient été les pires : sa mère était morte sous ses yeux, une nuit, sous une pluie battante, à Seattle. Puis, deux ans plus tard, son père mourait à son tour. Elle se souvint de toutes les familles d'accueil chez qui elle avait vécu…

Lisa se reprit brusquement. Elle refusait de s'apitoyer sur son sort ! Pendant quelques jours, elle avait connu un homme fascinant, qui l'avait bouleversée et qui avait pris soin d'elle au moment où elle en avait besoin. Elle saisit son meilleur appareil photo et se dirigea vers la tente de travail. Il était temps qu'elle rattrape le retard qu'elle avait pris pendant le week-end.

Le mercredi fut un jour de grand vent. Le ciel était nuageux, sans être pluvieux. Le vent soufflait en rafales et à chaque bourrasque particulièrement forte, Lisa levait la tête de sa table de travail. Elle n'était pas tranquille, comme toujours quand un orage se préparait. La tente se gonflait et battait sous l'effet du vent. Elle avait lesté ses papiers avec de grosses pierres, un bol, deux tasses et un appareil photo.

— Vous avez des presse-papiers originaux…, déclara Tuareg depuis l'ouverture de la tente.

Surprise, Lisa sursauta et se retourna, stupéfaite de le découvrir là. Il portait une djellaba traditionnelle et un turban enroulé autour de ses cheveux noirs, dont l'extrémité pendait sur son épaule pour laisser son visage apparent. Elle sentit son cœur se serrer.

— J'ignorais que vous deviez venir. Je n'ai pas entendu l'hélicoptère.

— Il y a d'autres moyens pour se déplacer dans le désert, lui fit remarquer Tuareg.

— Vous êtes venu à cheval ? devina-t-elle.

— Ham avait besoin d'exercice. Et le temps était menaçant. J'ai préféré ne pas venir par les airs.

— Je ne pensais pas vous revoir, lui avoua la jeune femme.

— Le Pr Sanders m'a invité. Il espère pouvoir me convaincre de parler à mon oncle pour qu'il retarde la fin des fouilles.

— Ce serait merveilleux… enfin, si vous acceptiez. Il nous reste encore tellement de choses à découvrir. Pensez à tout ce qui serait perdu si l'eau recouvrait le site.

— Vous connaissez mon point de vue. Il y a peu de chances pour que je change d'avis, dit-il en faisant le tour de la tente et en regardant les divers objets exposés sur les longues tables.

Le fait qu'il rejette leurs arguments avec une telle arrogance exaspéra Lisa.

— Je vais discuter avec le professeur et revoir ce site dont il est si fier. Ensuite, peut-être après déjeuner, j'aimerais que vous m'accompagniez dans un camp de nomades, tout près d'ici. Ils élèvent des moutons et vont devoir partir avant la construction du barrage.

Lisa était déchirée. Elle savait qu'elle ferait mieux de fuir Tuareg, mais il venait de lui demander de passer un peu de temps avec lui, et elle ne put lui résister.

— Il ne s'agit que d'un tour en jeep, dit-il sur un ton enjôleur. Juste une petite visite avant de rentrer au camp…

Il aurait fallu refuser, elle le savait. Mais en réalité, elle n'en avait aucune envie…

Après le déjeuner, Tuareg enroula son turban autour de son visage pour ne laisser que ses yeux apparents. Il avait obtenu l'accord du Pr Sanders pour emprunter l'une des jeeps du camp. Il conseilla vivement à Lisa de prendre un foulard pour se protéger le visage du vent chargé de sable, puis choisit un véhicule. Il parla peu en chemin. Il n'y avait ni route, ni piste, mais des dunes à perte de vue, quelques broussailles éparses et des touffes d'herbe par endroits.

Ils parvinrent rapidement aux berges d'une étroite rivière et suivirent son lit. Près de l'eau, la végétation était plus dense.

— Tout ceci sera perdu une fois le réservoir rempli, n'est-ce pas ? demanda-t-elle en admirant un ravissant bosquet près de la rivière.

La profusion de feuilles offrait un contraste étonnant avec la plaine aride où se trouvait le site des fouilles. Certes, il y avait quelques palmiers dattiers à Wadi Hirum, mais ils n'avaient rien à voir avec ces arbres touffus et bien verts.

— Cela va prendre plusieurs années pour que le réservoir atteigne sa pleine capacité. Mais cette région sera l'une des premières à être inondée, reconnut-il en examinant le paysage.

— Ces arbres doivent avoir plus de cent ans. Nous sommes peut-être les dernières personnes sur terre à les voir, commenta Lisa tristement.

— Vous êtes trop romantique. C'est dans la nature des choses de grandir, de vivre et de mourir.

De nouveaux arbres pousseront grâce à l'irrigation due au réservoir. Des cultures fertiles vont se développer là où aujourd'hui rien ne pousse. N'êtes-vous pas en faveur du progrès ?

— Bien sûr que si ! se défendit-elle. Pour rien au monde je ne voudrais vivre comme mes ancêtres. Toutefois, je regrette que nous ne puissions trouver un autre moyen pour avancer, et laisser la nature telle que nous l'avons trouvée.

— Prenez une photo.

— Excellente idée, reconnut-elle en saisissant aussitôt son appareil.

Elle était peut-être l'une des dernières personnes à voir ces arbres, mais une photo les immortaliserait à jamais.

Elle prit quelques clichés avant de regarder Tuareg de nouveau.

— Vous voulez bien vous mettre à côté pour que l'on puisse avoir une idée de la taille de ces arbres ?

Il resta un instant immobile, puis hocha la tête et descendit du véhicule. Les rayons du soleil se reflétaient sur la rivière et l'ombre paraissait fraîche et accueillante. Un prince arabe en habit traditionnel donnerait un caractère unique à la scène. Ravie, Lisa prit plusieurs photos. Elle serait la seule à savoir qui avait posé pour elle, car sa djellaba et son turban le rendaient méconnaissable.

— Ça suffit, dit-il quelques instants plus tard, en la rejoignant.

— Merci. Je vous enverrai une copie des tirages, si vous voulez.

— C'est inutile. Je n'ai personne avec qui partager ces photos.

Lisa arrangea son propre foulard et posa son appareil sur ses genoux. Elle se refusait à plaindre Tuareg, qui avait encore ses parents et sa famille. Et, contrairement à lui, elle ne se coupait pas du reste du monde.

Cette pensée la surprit, car ce n'était pas tout à fait vrai. Il s'était engagé dans un projet à long terme pour améliorer son pays et il entretenait visiblement de bonnes relations avec sa mère et sûrement aussi avec son père. De plus, l'accueil qu'il avait reçu à la fête d'anniversaire de sa cousine indiquait qu'il était très apprécié.

Toutefois, une grande solitude émanait de lui.

— Nous devrions bientôt arriver au camp de nomades.

Lisa n'en fut pas mécontente. Les secousses de la jeep étaient franchement désagréables, et dès que le véhicule semblait pencher sévèrement vers la droite, elle prenait peur. Cela lui rappelait l'accident qui avait coûté la vie à sa mère, un souvenir profondément gravé en elle. Elle ne l'oublierait jamais.

La jeune femme fixait l'horizon avec impatience, quand elle découvrit les tentes. Les habitations des nomades pouvaient être rapidement démontées et transportées sur un autre site, où leurs animaux pourraient se nourrir.

Tuareg s'arrêta près d'une tente située au bord du campement. Aussitôt, Lisa fut présentée aux habitants et on lui servit un verre d'eau fraîche. Les nomades étaient des gens réservés mais amicaux, qui l'accueillirent avec déférence. Tuareg lui traduisit leurs souhaits de bienvenue.

Rapidement, les femmes lui sourirent et les enfants sautèrent autour d'elle avec excitation. Tout particulièrement, quand elle sortit des caramels de ses poches.

— Ils n'ont pas souvent de petits cadeaux comme ça, reconnut Tuareg. C'est gentil de votre part d'avoir pensé à eux.

— Les caramels durs semblent être les seuls aliments à ne pas fondre avec cette chaleur.

Après quelques minutes de discussion un peu agitée avec les hommes du groupe, Tuareg suggéra qu'ils visitent le campement. Les enfants les suivirent en dansant autour d'eux, souriant timidement à Lisa et tendant les mains pour qu'elle leur offre de nouvelles friandises.

Deux hommes plus âgés les accompagnèrent.

— Ils ne sont pas en faveur du barrage, finit par avouer doucement le cheikh.

— Le seriez-vous si cela devait changer votre façon de vivre ? demanda Lisa. Il semblerait que tout le monde ne soit pas aussi enthousiaste que vous à l'idée de ce projet.

Il secoua la tête.

— Peut-être, mais c'est un réel progrès qui va améliorer les choses.

— Les changements sont parfois difficiles à accepter, même s'ils sont bénéfiques.

Elle s'arrêta et fit un signe aux hommes en désignant son appareil photo. Tuareg leur dit quelque chose en arabe et ils hochèrent la tête, dévoilant un large sourire. Au moins, ils semblaient heureux qu'on s'intéresse à eux.

L'après-midi s'écoula rapidement et, quand Tuareg déclara qu'il était temps de partir, Lisa acquiesça à contrecœur.

Le vent était tombé pendant leur visite. Tout était redevenu calme.

— Merci de m'avoir emmenée dans cet endroit.

J'ai beaucoup apprécié la compagnie des enfants. Je n'en vois malheureusement pas souvent.

— C'est dommage. Vous semblez avoir un excellent rapport avec eux, même si vous ne parlez pas leur langue.

— Vous étiez là pour traduire, heureusement.

Ils arrivèrent au campement avant la nuit. Le dîner avait déjà été servi dans la tente principale. Tuareg et Lisa allèrent rapidement se rafraîchir avant de rejoindre les autres.

Le Pr Sanders était attablé avec deux étudiants qui travaillaient sur le site. Il fit signe à Tuareg de le rejoindre quand celui-ci entra. Quelques secondes plus tard, le cheikh se trouva assis à la table du chercheur et les deux hommes entamèrent une grande discussion.

Lisa hésita, puis s'installa délibérément à une autre table. Dès qu'elle eut terminé son repas, elle se leva et partit dans sa tente. Elle voulait développer les photos qu'elle avait prises dans la journée.

Quelques instants plus tard, perdue dans la redécouverte des scènes de l'après-midi, elle entendit Tuareg l'appeler. Lisa adorait les moments qu'elle passait seule au calme. Mais maintenant, elle savait qu'elle y renoncerait volontiers pour quelques minutes avec Tuareg.

— Je suis là... Mais attendez un instant. Je suis à un point critique du développement et je ne voudrais pas tout perdre, lança-t-elle en espérant qu'il n'ouvre pas le rideau noir.

Cinq minutes plus tard, elle repoussa la tenture opaque et pénétra dans la partie centrale de sa petite tente. Tuareg était assis sur son lit de camp et feuilletait l'album souvenir qu'elle avait fait pour Jeppa.

— J'espérais que vous pourriez le lui apporter. Je ne sais pas comment le lui faire parvenir, dit-elle.

— Ces photos sont excellentes. Vous avez réussi à saisir l'essence même de chaque personne, admira-t-il. Vous avez fait deux albums ?

— Le deuxième est destiné à votre mère, pour la remercier de sa gentillesse et de son accueil.

Elle jeta un œil à sa montre. Il était plus de 11 heures du soir.

— Vous ne partez pas ?

— Le professeur m'a demandé de rester un jour de plus. Il veut vous parler, dit-il en s'installant plus confortablement sur son lit.

— Très bien. Voulez-vous voir les photos que

j'ai prises aujourd'hui ? Je viens de les développer à l'instant.

— Avec plaisir.

Lisa poussa les rideaux de sa chambre noire. Tuareg la suivit. Ils étaient tellement proches l'un de l'autre qu'elle sentait la chaleur de sa peau. L'espace était suffisant pour une personne, mais pas pour deux, et elle attendit que Tuareg examine les photos.

— Elles sont bonnes. Vous avez saisi l'esprit du campement. J'aime beaucoup celle-ci, avec la petite fille. Allez-vous les intégrer à votre livre sur Moquansaid ?

— Oui. Elles figureront dans le chapitre consacré au désert. Mais je veux encore prendre des photos de la capitale pour montrer le contraste.

Il se tourna, effleurant l'épaule de Lisa. Elle faillit sursauter et crut que son cœur allait s'arrêter de battre. L'espace d'une seconde, elle espéra qu'il allait l'embrasser. Epouvantée par le cours que prenaient ses pensées, elle recula d'un pas et heurta la table sur laquelle étaient posés les produits chimiques pour ses photos. Il serait horrifié s'il savait ce qui lui avait traversé l'esprit.

— Je crois que je vais aller voir ce que le professeur me veut, bredouilla-t-elle. Encore merci pour la balade de cet après-midi…

Tuareg s'était juste montré aimable en voulant faire visiter son pays à une étrangère. Il ne fallait pas qu'elle s'imagine qu'il avait autre chose en tête.

— Vous vouliez me voir, professeur ? demanda Lisa quand elle entra dans la tente de travail où les objets découverts étaient conservés.

— Ah, oui ! dit-il en jetant un œil par-dessus l'épaule de la jeune femme avant de la regarder plus attentivement. Avez-vous réellement conscience de qui est Tuareg ?

— L'homme qui m'a sauvé la vie lors d'une tempête de sable, déclara-t-elle.

— Il s'agit également d'un homme d'influence qui est susceptible de parler à celui qui nous a accordé les droits pour les fouilles. J'ai pensé que s'il restait quelques jours avec nous, il comprendrait l'importance de nos découvertes et pourrait peut-être convaincre son oncle de nous laisser davantage de temps.

— Il est prévu que nous partions fin août. Dans seulement neuf semaines !

— Je sais, mais je peux obtenir une prolongation de mon congé de l'université. Et la plupart d'entre nous pourraient rester encore un peu.

Parlez à Tuareg. Persuadez-le d'user de son influence sur son oncle.

— Je ne ferais pas cela, même si je pensais que cela pourrait fonctionner. Je n'ai pas ce genre de relation avec lui. Il se comporte en gentleman après m'avoir sauvé la vie.

— C'est ridicule ! Vous êtes une jolie fille, Lisa. Je n'ai pas besoin de vous expliquer comment une femme peut utiliser ses charmes pour obtenir ce qu'elle veut, affirma l'archéologue.

Lisa éclata de rire.

— Je crois que cela fait trop longtemps que vous vivez dans le passé ! Mais de toute façon, je ne suis pas son genre. Comme tout le monde ici, je regrette l'échéance de la fin des fouilles, mais je refuse d'exercer une influence quelconque sur Tuareg ou sur l'un des membres de sa famille. Nous connaissions en arrivant le temps qui nous était imparti.

— Mais s'ils pouvaient le modifier…

— Alors cela devra être fait sans mon aide.

Elle fit demi-tour et sortit de la tente, manquant heurter Tuareg. Il avait sans doute tout entendu !

Elle lui sourit nerveusement, troublée par leur proximité, et commença à s'éloigner de la tente.

— Le professeur a laissé entendre que vous pourriez rester plus longtemps pour voir les progressions des fouilles, dit-elle.

— J'ai entendu.

— Oh !

Il l'arrêta et la força à lui faire face. Le site était plongé dans l'obscurité. Seules quelques faibles lumières provenaient des tentes. Lisa pouvait difficilement distinguer les traits de son visage.

— Je ne changerai pas le délai. Quand arrivera le temps qui vous a été imparti, vous devrez partir.

— Je sais, soupira-t-elle.

— Lisa, vous êtes une femme d'honneur.

Elle cligna des yeux. Que pouvait-elle répondre à ça ?

— Merci.

Il se mit à rire doucement.

— On dirait que cela vous ennuie. Les femmes préfèrent qu'on leur dise qu'elles sont belles, que leurs yeux rivalisent de beauté avec les étoiles, que leurs lèvres sont plus appétissantes qu'une cerise bien mûre…

Penchant la tête en arrière, elle regarda les étoiles, qui brillaient dans la nuit du désert. Si elle ne l'avait pas regardé et avait ignoré son ton moqueur, elle aurait pu croire qu'il flirtait avec elle, la caressant de ses mots tendres.

— C'est si beau ici ! J'adore cet endroit, dit-elle doucement.

Il se pencha vers elle et déposa un baiser délicat sur ses lèvres.

Elle cilla et recula d'un pas, stupéfaite.

Tuareg la regarda attentivement, avant de la conduire doucement à l'écart, dans l'ombre. Là, il la prit dans ses bras et l'attira à lui avant de l'embrasser de nouveau. Il ne s'agissait plus d'un simple effleurement de ses lèvres, mais du baiser puissant d'un homme déterminé. Après une seconde d'hésitation, elle lui rendit son baiser avec fougue, entrouvrant ses lèvres à sa demande silencieuse. Une vague de chaleur la submergea. Elle eut du mal à respirer, mais en avait-elle réellement besoin ? Ce baiser représentait tout ce dont elle avait toujours rêvé.

Quand il s'arrêta, Lisa faillit laisser échapper un soupir de déception.

Il lui prit la main.

— Venez marcher un peu avec moi. Nous pourrons regarder les étoiles et sentir vibrer le désert.

Il la conduisit à l'opposé des fouilles pour qu'elle ne craigne pas de tomber dans une tranchée. Le silence s'intensifia à mesure qu'ils laissaient les murmures de voix derrière eux.

— Vous avez une forte attirance pour le désert, dit-elle.

— Mes ancêtres ont vécu sur cette terre pendant des siècles. Elle fait partie de moi. Je pourrais passer ici toute ma vie sans jamais regretter la ville.

Cela confirmait ce que Lisa soupçonnait. S'il semblait raffiné et élégant dans le monde citadin où elle l'avait vu, le cheikh était davantage lié à la terre sauvage du désert.

Tuareg voulut demander à Lisa si elle aimait le désert, car ce n'était pas le cas de tout le monde. Les nomades qui vivaient sur cette terre aride et les populations qui en avaient fait un pays, tout comme leurs descendants, étaient profondément attachés à cette étendue de sable. Mais Lisa n'était pas d'ici.

Il s'arrêta et, une seconde plus tard, la jeune femme s'immobilisa, elle aussi. Ils étaient seuls. Les bruits de la nuit étaient indéfinissables, perceptibles uniquement par ceux qui voulaient bien les entendre.

Pourquoi l'avait-il embrassée ? Cette photographe avait quelque chose qui l'intriguait, au point de négliger temporairement son devoir pour passer du temps avec elle.

Ses lèvres étaient aussi savoureuses qu'elles en avaient l'air et ses yeux le fascinaient. Il était tombé sous son charme.

Cette idée le fit froncer les sourcils. Il n'aurait pas dû penser à une autre femme. Cependant, Nura était partie depuis des années, et elle ne reviendrait pas.

Tuareg aurait voulu immortaliser l'amour qu'il avait eu pour sa femme, mais le temps donnait une autre perspective aux choses. Nura avait été son premier et unique amour. Il lui avait été fidèle depuis leur enfance. Elle était certes unique, mais pas parfaite.

Il se rappela leurs disputes passionnées. Elle pouvait cesser de lui parler pendant des jours, et ils ne s'étaient jamais entendus sur un point : elle savait qu'il voulait des enfants, mais avait toujours repoussé le moment de lui en donner. Elle voulait d'abord s'amuser. Toutefois, pour Tuareg, les enfants n'empêchaient nullement de s'amuser, bien au contraire. Quand il les avait vus aujourd'hui, il s'était rappelé les jours heureux qu'il avait vécus, plus jeune, avec ses parents et ses frères et sœurs.

Il était attiré par Lisa, malgré lui. Mais la jeune

femme rentrerait dans son pays à la fin de l'été. Ils venaient de deux mondes trop différents pour se rejoindre…

Quand elle tendit la main vers lui et lui toucha le bras, il ressentit la pointe de désir qui avait manqué dans sa vie ces dernières années. Il la regarda en fronçant les sourcils, résistant à la tentation. Il ne voulait pas se lancer dans une histoire compliquée…

— Je crois que nous devrions rentrer, maintenant. Il se fait tard et il faut que vous trouviez la tente dans laquelle vous allez dormir.

Il leva les yeux vers les étoiles. Il n'avait aucune raison de rester.

— Le professeur m'a proposé de partager sa tente, déclara Tuareg. Pensez-vous qu'il veut encore essayer de me persuader d'intervenir en sa faveur pour obtenir une extension du délai ?

Lisa secoua la tête.

— C'est la plus confortable de tout le campement et il sait que vous êtes un cheikh. Mais je vous préviens, elle n'a rien à voir avec votre tente dans le désert.

Tuareg fit demi-tour et entraîna Lisa en direction du campement, jusqu'à la tente du professeur. Il partirait dans la matinée. Après avoir vu une dernière fois la jeune femme.

7.

Le lendemain matin, Lisa eut du mal à réaliser que Tuareg l'avait embrassée et qu'elle lui avait rendu son baiser. Elle avait mis un temps fou pour s'endormir, la veille. Elle s'était remémoré ce moment une centaine de fois.

Elle quitta sa tente un peu plus tard que d'habitude. Elle fut surprise de voir le cheval du cheikh qui somnolait encore dans l'enclos de fortune. Elle était persuadée que Tuareg serait parti dès le lever du soleil.

Longeant la tente principale, elle tomba sur Tuareg et le Pr Sanders, installés à l'ombre. Le professeur tenait quelque chose dans sa main qu'ils étudiaient tous les deux avec attention.

Lisa s'arrêta net, et Tuareg leva les yeux. Toutefois, elle ne put déchiffrer son regard. Regrettait-il ce qui s'était passé entre eux la nuit dernière ?

Le Pr Sanders leva la tête à son tour et sourit.

— Ah, Lisa, vous tombez bien ! Nous avons trouvé une autre figurine en céramique. A priori, il s'agit d'un petit animal, peut-être un tigre. Qu'en pensez-vous ?

Il lui tendit la statuette.

Automatiquement, Lisa saisit son appareil et prit une photo.

Tuareg la regarda faire.

— Le professeur suggérait peut-être que vous preniez l'objet pour le regarder et non que vous le photographiiez, lui fit-il remarquer.

Elle baissa son appareil et le regarda.

— Vous donnez l'impression de vivre à travers l'objectif de votre appareil photo et non d'affronter la vie telle qu'elle est, ajouta-t-il.

Frappée par cette idée, Lisa hésita un moment. Elle passa la bandoulière de son appareil sur son épaule et prit la petite statue. Elle était tiède au toucher. Elle l'examina, mais les mots de Tuareg résonnaient encore dans sa tête. Pensait-il réellement qu'elle ne savait pas profiter de la vie ? N'avait-elle pas choisi de venir ici, au beau milieu de cette aventure, plutôt que de rester à Seattle et de vivre un quotidien tranquille et monotone ?

— Elle est magnifique, vous ne trouvez pas ?

demanda le professeur sans cesser d'admirer la figurine.

— Elle est très belle, acquiesça Lisa avant de rendre l'objet au professeur. Vous avez une idée de l'endroit d'où elle peut venir ? demanda-t-elle. De Chine ou d'Inde ? Peut-être s'agit-il d'un cadeau ou d'une monnaie d'échange pour autre chose ?

— On ne le saura sans doute jamais. Mais nous avons trouvé deux superbes statues dans une région du monde où la céramique était plutôt rare. Elles ont manifestement été amenées par les caravanes.

— Ces objets paraissent beaucoup plus précieux que les sculptures en pierre que vous avez déjà découvertes. Celui qui possédait ces statuettes devait sûrement être la personne la plus riche de Wadi Hirum, supposa Tuareg.

Lisa continua son chemin jusqu'à la tente principale. Elle n'avait pas apprécié le commentaire de Tuareg, qui l'avait accusée de se cacher derrière son objectif. Son amie Bailey lui disait parfois la même chose mais aujourd'hui, elle ne semblait plus être la seule à penser cela. Et s'ils avaient tous les deux raison ?

Elle mettait du temps à se faire des amis, mais elle craignait toujours de perdre les liens qu'elle avait noués. Elle s'était attachée à sa première famille d'accueil au bout de seulement quelques semaines, et avait eu le cœur brisé quand elle avait dû partir dans un autre foyer. Avec les années, elle avait appris à rester sur ses gardes.

Pourtant, elle n'avait pas conscience de se réfugier derrière son appareil.

Il faisait chaud sous la tente, aussi décida-t-elle de prendre son petit déjeuner dehors. Le léger souffle d'air à l'extérieur donnait une impression de fraîcheur. Elle repéra un emplacement à l'ombre de la grande tente et s'assit. Tout en mangeant son croissant, elle essaya d'imaginer le village qu'ils étaient en train de déterrer, cinq cents ans plus tôt…

Lisa se représentait les hommes de l'époque comme Tuareg, robustes et courageux, capables de supporter la dureté de la terre. Le cheikh aurait tout aussi bien pu vivre à cette époque, songea-t-elle.

Entendant des bruits de pas, elle leva les yeux et vit Tuareg qui s'approchait. Une fois devant elle, il s'assit dans le sable.

— J'avais prévu de partir de bonne heure ce matin, mais le Pr Sanders m'a convaincu de rester un peu plus longtemps, expliqua-t-il.

Il parcourut le paysage du regard.

— C'est étrange que mes ancêtres aient choisi de s'installer dans un endroit si isolé, vous ne trouvez pas ? demanda-t-il.

— Ils avaient leur famille, leurs amis. C'était leur façon de vivre. Ils n'en connaissaient pas d'autre. Je parie qu'ils adoraient voir les caravanes passer. Imaginez un peu à quoi ils pouvaient rêver quand ils discutaient avec les hommes qui menaient les chameaux chargés d'objets extraordinaires…

Tuareg éclata de rire. Lisa en fut tout étonnée car c'était la première fois qu'elle l'entendait rire.

— Qu'y a-t-il de si drôle ?

— Votre version romancée… Il s'agissait plus probablement de commerçants âpres au gain qui exploitaient les caravanes pour en tirer le maximum de profit. Ils devaient sûrement négocier de l'eau à la saison sèche et vendre des droits de pâture pour les chameaux.

— Je préfère ma version, murmura-t-elle.

Elle se sentit soudain incapable de parler, ne parvenant pas à oublier leur baiser de la veille, et espérant de tout son cœur qu'il l'embrasse de nouveau.

— Je vais bientôt partir. Je jette encore un œil aux fouilles et ensuite, je ramène Ham à la maison.

Le cœur de Lisa se serra, mais elle essaya de ne pas montrer sa déception. A quoi s'attendait-elle ? Qu'il lui dise brusquement qu'il voulait rester à ses côtés ? Ou bien qu'il la prenne encore dans ses bras ?

Quand Tuareg la regarda de ses yeux noirs et mystérieux, elle sentit un frisson parcourir tout son corps.

Il posa alors sa main sur son épaule et l'attira à lui pour l'embrasser… Les yeux fermés, Lisa savoura la sensation de ses lèvres contre les siennes, tandis qu'un désir sensuel s'emparait d'elle. Elle voulait le sentir près d'elle, serrer son corps contre le sien. Elle aurait aimé qu'il l'emmène dans un endroit spécial et rien qu'à eux…

Elle s'écarta. Ils étaient en plein jour, tout près de la tente principale. N'importe qui pouvait les voir. Et elle n'était pas sûre de comprendre la signification de ce baiser. Etait-ce un simple adieu ? Ou s'agissait-il d'autre chose ?

— Lisa…

— Non, ne dites rien. Je crois qu'il est temps que nous nous disions au revoir. Merci pour tout ce que vous avez fait pour moi. Je vous en suis très reconnaissante. Mais comme vous l'avez dit vous-même, cela ne nous mènera nulle part…

Elle fit demi-tour et se retint de courir jusqu'à la

tente principale. Une fois à l'intérieur, elle essaya de reprendre son souffle. Debout, immobile, elle tendit l'oreille pour écouter Tuareg s'éloigner.

— Tu as besoin de quelque chose ? demanda l'étudiant qui était de corvée de vaisselle ce matin-là.

— Non. Je réfléchissais.

Elle se retourna et s'avança lentement vers l'entrée de la tente. Quand elle sortit, elle fut soulagée de constater que Tuareg était parti. Quelques instants plus tard, elle entendit son cheval, mais garda la tête baissée tout en se dirigeant vers la tente de travail.

Ce site archéologique allait bientôt disparaître et seules ses photos pourraient témoigner de la vie qui avait jadis existé ici.

Lisa était peut-être destinée à rester seule, mais elle pouvait toujours laisser une trace importante derrière elle.

Tuareg fit partir Ham au galop, pressé de quitter le site et de rejoindre sa tente au milieu du désert. Il n'avait pas eu l'intention d'embrasser Lisa de nouveau, car il n'était pas homme à donner de faux espoirs. Cependant, vu l'attention qu'il lui avait portée au cours de ces deux derniers jours, il ne pouvait pas lui en vouloir de croire qu'il était intéressé par elle.

Mais c'était faux. Il avait déjà eu sa chance en amour, et son histoire s'était subitement arrêtée.

Il était temps qu'il reprenne sa routine habituelle et qu'il cesse de songer à Lisa. Elle s'était quasiment enfuie après qu'il l'eut embrassée. Elle était plus sage que lui.

Toutefois, il avait éprouvé un réel plaisir à partager le désert avec quelqu'un qui semblait l'aimer autant que lui — ce qui n'était pas le cas de Nura. En évoquant sa femme, Tuareg s'attendit à ressentir la douleur habituelle, mais à la place, une douce chaleur et des souvenirs agréables de celle qu'il avait aimée lui revinrent à la mémoire. Etait-il en train de guérir ? Le chagrin déchirant qu'il éprouvait jusqu'alors commençait-il à s'atténuer ?

Il parcourut des yeux le paysage qu'il chérissait tant. En observant Lisa, il avait compris qu'elle aimait cet endroit.

La veille, elle s'était véritablement réjouie de pouvoir photographier ce paysage dépeuplé. Il n'y avait rien ici, mis à part des touffes d'herbe qui avaient réussi à pousser malgré l'aridité de la terre et quelques arbres le long de la rivière.

Et pourtant, elle avait trouvé que le site valait la peine d'être immortalisé.

Lisa était complètement différente des autres femmes qu'il connaissait. Sa franchise et sa bienveillance lui avaient plu. Et elle l'avait séduit par son sourire et par sa bonne humeur. Il avait été privé de rires pendant si longtemps !

Mais était-ce suffisant pour désirer une femme ? Ou y avait-il plus que cela ? Il aurait aimé pouvoir partir avec elle quelques jours pour en apprendre davantage sur sa vie et sur ses rêves. Entendre son rire éclater dans la nuit. Se réveiller et voir ses yeux bleu-gris plonger dans les siens…

Tuareg essaya de repousser cette image de son esprit, mais sans y parvenir. Il n'aimerait sans doute jamais une autre femme que Nura, mais il avait envie de Lisa.

Et pour la première fois, il ne se sentit pas coupable de ce désir. Il était vivant. Nura croquait la vie à pleines dents et elle n'aurait pas voulu qu'il s'interdise d'en profiter lui aussi.

Tuareg éperonna légèrement son cheval, qui se mit à galoper à la vitesse du vent. Il devait essayer de chasser ces images de son esprit. Il n'avait qu'à rejoindre sa tente pour une journée de solitude. Ensuite, il retournerait à la capitale et se replongerait dans les activités qui l'attendaient. Le travail l'aiderait à oublier.

Après le déjeuner, le Pr Sanders convoqua toute l'équipe sous la tente de travail pour emballer les objets découverts, qui seraient ensuite expédiés au musée national de Soluddai.

Lisa se vit confier la tâche d'assurer le suivi de chaque objet emballé dans les caisses et de coller une copie de l'inventaire sur l'extérieur de chaque boîte.

— Tuareg doit nous envoyer des camions pour venir récupérer ces objets cette semaine. Et il a organisé des ramassages réguliers jusqu'à la fin août, déclara le professeur.

A l'heure du dîner, tous les objets avaient été étiquetés et emballés et les caisses étaient empilées près de la tente. Tuareg avait accepté d'envoyer des camions de Soluddai le lendemain matin. Le Pr Sanders devait accompagner les caisses et les remettre au ministre de la Culture.

Lisa se leva de bonne heure le lendemain matin, percevant une activité inhabituelle dans le campement. Elle s'habilla, puis se rendit à la tente principale pour prendre son petit déjeuner.

Plusieurs archéologues étaient en train de manger, alors que d'autres avaient déjà fini et étaient partis travailler.

— Le professeur nous a demandé de commencer le travail plus tôt maintenant, expliqua l'un des étudiants à la photographe. Il veut que l'on passe un maximum d'heures à explorer le site.

Lisa se servit une tasse de café et s'assit à l'une des tables pour prendre quelques fruits et un peu de fromage. Elle n'avait pas grand-chose à faire tant que de nouveaux objets n'étaient pas découverts. Une fois son petit déjeuner terminé, elle se rendrait sur les fouilles pour voir l'endroit précis où l'équipe travaillait aujourd'hui et s'ils avaient besoin de photos du site.

Quelques instants plus tard, comme elle s'approchait du lieu des fouilles, elle sentit une vive agitation gagner tout le monde. Tous les archéologues semblaient s'être rassemblés à une extrémité du vaste site.

Comprenant qu'il s'était produit quelque chose, Lisa pressa le pas.

— Que se passe-t-il ? demanda-t-elle quand elle rejoignit le groupe.

— Nous avons découvert une sépulture, s'enthousiasma l'une des femmes.

— Paul l'a trouvée en creusant dans une nouvelle direction, lança un autre archéologue.

— Des os et quelques objets… Il semblerait qu'il y en ait plusieurs, déclara une autre voix.

— C'est stupéfiant, murmura un étudiant.

Lisa perçut l'excitation du groupe. Cette découverte serait-elle suffisante pour obtenir une extension du délai prévu ? Elle l'espérait, mais personne ne pouvait savoir comment l'oncle de Tuareg allait réagir face à cette dernière trouvaille. Tuareg voulait que le barrage soit en état de fonctionner cet automne pour pouvoir alimenter la région en eau. En repoussant le délai, le réservoir risquait de ne pas être rempli avant un an.

La jeune femme jeta un œil depuis le bord de l'excavation, fascinée par le travail méticuleux dont les archéologues faisaient preuve en découvrant les ossements.

Quand les deux gros camions arrivèrent à 10 heures comme prévu, Lisa était déjà retournée à la tente de travail. Comme presque tous les objets devaient être expédiés, elle se contenta d'indiquer aux conducteurs les quelques caisses qui devaient rester là.

Les camions étaient presque entièrement chargés, quand Lisa vit le professeur accourir dans sa direction.

— Lisa, Dieu soit loué ! Nous allons devoir changer nos plans. Il m'est impossible de quitter le site à la lumière de ce que nous avons découvert ce matin, déclara-t-il quand il la rejoignit. On a besoin de moi ici. On a besoin de tous les archéologues, en réalité. J'ignore si le cheikh acceptera de repousser le délai suite à cette découverte. Mais s'il refuse, nous allons devoir déterrer tout ce que nous pourrons avant la fin de cette expédition. Je ne peux pas me permettre de quitter le site. Vous allez devoir partir à ma place.

— Moi ? Mais je ne peux pas parler avec le ministre de la Culture ! Il s'attend à voir un archéologue et non une photographe.

— Vous êtes membre de cette équipe, cela est suffisant pour convaincre. Dépêchez-vous de prendre les affaires dont vous avez besoin. Vous avez les documents nécessaires et les photos. Notez toutes les questions auxquelles vous ne pouvez pas répondre et je les étudierai à votre retour. Cette découverte est trop importante pour que je m'éloigne du site.

Lisa n'hésita pas plus longtemps. Elle n'était pas indispensable ici, contrairement au professeur. Elle se hâta de se rendre à sa tente et de faire son sac pour passer deux jours dans la capitale.

Quelques instants plus tard, elle réapparut avec son sac et son appareil photo.

— Professeur, qui prendra des clichés des objets récemment découverts ? demanda-t-elle.

— Oh ! Je n'y avais pas réfléchi. Peut-être l'un des étudiants.

Il fallut à Lisa près d'une demi-heure pour donner les instructions nécessaires à l'étudiant désigné photographe remplaçant. Elle lui laissa de nombreuses pellicules, en lui intimant l'ordre de ne pas essayer de les développer. Elle s'en chargerait à son retour.

Elle finit par monter dans la cabine du premier camion et s'installa. Le professeur lui donna des instructions de dernière minute.

— Tuareg devait me rejoindre au musée. Demandez-lui de se charger de tout ce dont vous ne pouvez pas vous occuper, déclara-t-il au moment où le conducteur refermait sa portière et démarrait le véhicule.

Lisa ignorait que Tuareg devait être là. Elle avait cru qu'ils s'étaient dit au revoir la dernière fois. Mais visiblement, il ne s'agissait pas encore de leur ultime adieu.

Le trajet jusqu'à la capitale se révéla désagréable. Les gros camions roulaient tant bien que mal sur la piste cahoteuse. Heureusement, ils étaient encore loin de la ville quand ils atteignirent une route pavée, nettement plu supportable.

Lisa fut soulagée quand le conducteur lui annonça qu'ils seraient au musée d'ici à une demi-heure. A chaque kilomètre qui défilait, elle sentit son excitation grandir en songeant qu'elle allait revoir Tuareg.

8.

Lisa regarda avec impatience par la vitre, tandis que le conducteur circulait dans les rues de la ville. Elle frissonna en reconnaissant le grand immeuble dans l'avenue principale.

Plusieurs hommes en uniforme les attendaient sur le perron du musée. Tuareg était là également. A son expression de surprise, Lisa sut qu'il ne s'attendait pas à la voir. Percevait-elle aussi une pointe de désapprobation dans son regard ?

Dès que Lisa fut descendue de la cabine du camion, les présentations furent faites.

— Où est le Pr Sanders ? demanda Tuareg.

Lisa sentit son cœur battre plus rapidement, comme toujours quand elle était à côté de lui.

— Il n'a pas pu venir et m'a envoyée pour le représenter.

L'homme qui se trouvait à côté du cheikh lui

jeta un bref coup d'œil avant de reporter toute son attention sur Tuareg.

— Nous attendions le professeur. J'espérais pouvoir voir les objets déterrés avec lui et parler de son avancement dans les fouilles jusqu'au délai imposé par Son Excellence.

Tuareg regarda Lisa.

— Visiblement, vous allez devoir traiter avec Mlle Sullinger. Elle est la représentante officielle de l'expédition. Lisa, je vous présente Mohammad bin Algariq, notre ministre de la Culture.

L'homme soupira nerveusement. Lisa se retint de sourire en voyant l'expression de résignation sur son visage. Lentement, il se tourna pour l'examiner.

— Très bien. Si vous voulez bien me suivre.

Et il partit devant.

— Il a l'air très sympathique, murmura-t-elle.

Elle jeta un coup d'œil à Tuareg avant de suivre consciencieusement le ministre. Le cheikh lui emboîta le pas.

— Je servirai d'interprète, lui souffla-t-il.

Elle hocha la tête, puis se hâta de suivre M. bin Algariq. Il serait mal vu qu'elle se perde dans le vaste musée.

*
* *

Les deux heures qui suivirent se révélèrent fort désagréables. Le directeur avait clairement fait comprendre à Lisa qu'il n'appréciait pas le fait de devoir traiter avec elle. Il lui posa de nombreuses questions auxquelles elle ne savait pas répondre. Elle les consigna méticuleusement dans un calepin. L'homme se montra de plus en plus impatient à chaque question restée sans réponse, mais Lisa n'avait eu que les informations données à la hâte par le professeur avant de partir et essayait de faire de son mieux.

Quand le ministre les raccompagna à l'entrée du musée, elle était exténuée.

Une limousine était garée dans la rue. Tuareg la conduisit doucement vers le véhicule.

— Vous avez survécu, lui dit-il.

— A peine. Je suis loin de connaître autant de choses que le professeur. Je crois que le directeur a été vexé que quelqu'un de si peu important que moi ait été envoyé pour lui parler.

— Il s'en remettra. Je sais qu'il est ravi des objets trouvés lors des fouilles, la rassura Tuareg.

Le chauffeur leur ouvrit la portière de derrière et les invita à s'installer à l'intérieur de la limousine climatisée.

S'adossant au siège, Lisa sentit ses forces revenir, rien que par la présence de Tuareg.

— Il a été impressionné par les figurines, n'est-ce pas ? Le professeur sera ravi de l'invitation du ministre et s'y rendra sûrement juste avant de partir.

Elle jeta un œil par la vitre.

— Où allons-nous ?

Le professeur ne lui avait même pas parlé du trajet du retour. Elle devait rester dans la capitale deux jours, à la demande du directeur du musée, au cas où il aurait de nouvelles questions à lui poser.

— Nous avions retenu une chambre dans un hôtel pour le Pr Sanders. Toutefois, vous pouvez loger dans l'appartement de ma mère, si vous le désirez. Elle est partie à Paris il y a deux jours pour rejoindre mon père, mais le personnel est toujours là. Elle serait ravie d'apprendre que vous avez séjourné chez elle.

— Je ne veux pas imposer ma présence. L'hôtel sera très bien.

— Je pense que l'appartement de ma mère conviendrait davantage, dit-il sur un ton qui laissait suggérer que toute protestation était vaine.

— Dans ce cas, ce sera parfait. Merci.

Elle était enchantée de pouvoir retourner dans cet appartement si charmant.

— Accepteriez-vous de vous joindre à moi pour le dîner ? lui proposa Tuareg.

Encore quelques heures à passer ensemble...

— Avec grand plaisir, acquiesça-t-elle.

Elle regarda par la vitre les grands bâtiments défiler devant ses yeux. Elle était trop fatiguée pour songer à prendre des photos maintenant, mais peut-être pourrait-elle aller flâner demain matin à la recherche de vues intéressantes à photographier ?

— Où aimeriez-vous aller dîner ? lui demanda-t-il.

Elle ne connaissait pas les restaurants de Soluddai. Et elle n'avait guère envie de se rendre dans un endroit où tout le monde serait sur son trente et un sauf elle.

— Vous savez ce que j'aimerais ? Un hamburger avec toute la garniture qui va avec, lança-t-elle en le regardant, attendant une réaction de sa part.

— Et qu'entendez-vous par « toute la garniture » ?

— Des frites, des oignons frits, de la laitue, des tomates, de la moutarde et de la mayonnaise.

Le cheikh fronça les sourcils.

— Et c'est bon, tout mélangé ?

— N'avez-vous jamais mangé de hamburger ? demanda-t-elle d'un air faussement consterné. Je croyais que vous aviez voyagé tout autour du monde.

Lentement, Tuareg secoua la tête sans cesser de la regarder.

Lisa éclata de rire.

— Je vous taquine. Si nous nous arrêtons dans un magasin, j'achèterai tout ce qu'il faut et je vous ferai le meilleur hamburger que vous ayez jamais mangé. Enfin, si nous pouvons utiliser la cuisine de votre mère.

— Vous voulez le cuisiner vous-même ? demanda-t-il.

— Bien sûr, pourquoi pas ? Attendez, ne me dites pas que vous ne cuisinez jamais ?

— Pourquoi le ferais-je alors que j'ai plusieurs excellents cuisiniers à mon service ?

— Oh !

Lisa réfléchit un instant, mais se débarrassa rapidement de ses doutes. Elle avait très envie d'un hamburger et peut-être voulait-elle aussi montrer à Tuareg que ce pouvait être amusant de cuisiner ensemble.

— Dans ce cas, je vous prends comme

apprenti et nous allons préparer ces hamburgers ensemble.

— Cela me plaît, murmura-t-il.

Tuareg s'amusa de l'enthousiasme que Lisa montrait à l'idée de préparer le repas. Elle demanda qu'on les conduise dans un magasin occidental. Peu de temps après, ils parcouraient les rayons pleins de denrées alimentaires. Etait-il déjà entré dans un supermarché avant aujourd'hui ? Il ne s'en souvenait pas.

Quand ils arrivèrent à l'appartement de sa mère, le cheikh demanda à son chauffeur de porter les sacs de provisions dans la cuisine et donna sa soirée au personnel.

— Vous pourrez dormir dans la chambre que vous avez occupée la dernière fois. Voulez-vous prendre une douche d'abord, demanda-t-il.

— Oui, merci. Je vais me dépêcher. On se retrouve à 18 heures ?

Tuareg la regarda s'éloigner en se demandant ce qui l'attendait. D'aussi loin qu'il s'en souvienne, Nura n'avait jamais cuisiné. Sa mère et sa tante non plus. La cuisine était-elle un art réservé aux autres ?

Il se rendit dans une seconde chambre d'amis pour se rafraîchir, attendant déjà avec impatience l'expérience culinaire qu'il allait vivre avec Lisa.

La jeune femme ouvrit le jet d'eau chaude et se tint dessous pendant un long moment. Quand elle se sentit enfin revigorée, elle enfila une robe, se sécha les cheveux et retourna dans les pièces principales de l'appartement.

Entendant Tuareg, elle se retourna et sentit son cœur bondir dans sa poitrine.

— C'est l'heure de cuisiner ? demanda-t-il d'un air malicieux.

— Absolument. Mais j'ignore où se trouve la cuisine, dit-elle.

Il lui fit signe de le suivre.

La cuisine contenait tout ce dont un grand chef pouvait rêver. La cuisinière à gaz comptait six brûleurs et un gril. Le réfrigérateur en inox était de taille industrielle. Les plans de travail étaient en granit et la table centrale était immense. Lisa vit rapidement une partie de ses ingrédients bien empilés sur le comptoir. Le reste se trouvait probablement dans le réfrigérateur.

— Très bien. Allons-y…

La jeune femme fouilla dans les placards un moment, cherchant des couteaux, des bols, des poêles et autres ustensiles dont elle avait besoin.

Prenant les pommes de terre, elle fit signe à Tuareg d'approcher.

— D'abord, on les lave pour enlever la terre qui se trouve dessus, puis on les coupe en tranches épaisses pour en faire des frites.

Elle lui montra comment faire. Dès qu'il fut opérationnel, elle sortit les autres aliments nécessaires.

Lisa jeta un coup d'œil derrière elle et réprima un sourire. La scène avait quelque chose de familial. Et Tuareg n'aurait sûrement jamais pensé faire cela un jour.

— Faites-vous cela souvent ? demanda-t-il en continuant à trancher ses pommes de terre.

— Recevoir des amis et faire à dîner avec eux ? Oui. Ou alors c'est moi qui vais chez eux. Nous faisons également beaucoup de barbecues quand il fait beau.

Lisa lui parla de ses amies Bailey et Sara ainsi que de leur habitude d'essayer de nouvelles recettes.

Dès qu'il eut terminé, Tuareg mit les pommes de terre à l'endroit où Lisa le lui avait demandé. Puis, il vint s'asseoir sur l'un des hauts tabourets et regarda Lisa s'affairer autour de lui.

Quand elle cessa de parler, elle jeta un œil autour d'elle, consciente, une fois de plus, que leurs vies étaient radicalement différentes. Cela lui paraissait si étrange qu'il n'ait jamais fait la cuisine, ni les courses, ni partagé un barbecue avec des amis ! Trouvait-il son style de vie à Seattle aussi bizarre ?

— Vous semblez bien pensive, remarqua-t-il.

— Je me disais juste que votre vie était aux antipodes de la mienne. Je ne connais personne qui fasse appel à un cuisinier. J'imagine que ce doit être agréable d'avoir les repas préparés par quelqu'un, mais en réalité, j'adore cuisiner.

— Et qu'aimez-vous faire d'autre ? demanda-t-il.

Elle posa les steaks hachés dans la poêle brûlante.

— A la maison, j'aime faire des pâtisseries et m'occuper des plantes qui se trouvent sur mon petit patio.

— Vous avez un appartement ?

— Je n'ai pas les moyens d'avoir une maison. Mais mon appartement n'a rien à voir avec celui-ci.

Son deux pièces était petit et sans vue, mais il était près du bord de mer.

Elle retourna les steaks.

— Vous avez dit que vous aviez un appartement en ville ? dit-elle.

— Il s'agit plus d'un pied-à-terre, en réalité. Je l'ai acheté après la mort de Nura. Mais je reste en ville seulement quand mon travail l'exige.

— Parce que vous préférez le désert.

— Exactement.

Quelques instants plus tard, Tuareg mordit dans son hamburger avec une certaine appréhension.

Elle le regarda faire attentivement, espérant qu'il le trouverait à son goût.

— Je comprends que vous en rêviez. C'est excellent, dit-il.

Elle hocha la tête, soulagée qu'il apprécie sa cuisine. L'espace d'un instant, elle se sentit comme à la maison. Elle aimait voyager, mais avait hâte de retrouver son univers, ses amies. Elle se sentait seule au campement, car les archéologues avaient plus de choses en commun entre eux qu'avec elle.

— Je vous avais prévenu que c'était très bon. Nous n'avons pas ce genre de nourriture au campement. Mais j'apprécie vraiment que vous m'ayez laissée faire la cuisine ce soir.

Quand ils finirent leur repas, Lisa but une gorgée d'eau et jeta un œil dans la cuisine.

— Nous n'en aurons pas pour longtemps pour tout nettoyer, déclara-t-elle.

— Laissez ça. Quelqu'un rangera demain matin.

Elle secoua la tête.

— Ce n'est pas juste. Laissez-moi nettoyer un peu.

— Je paie des gens pour cela.

Sautant du tabouret, elle prit son couvert.

Elle était têtue. Même s'il lui ordonnait de laisser la cuisine dans cet état, il était persuadé qu'elle l'ignorerait. Rares étaient ceux qui ne tenaient pas compte de ses ordres.

Une demi-heure plus tard, la dernière poêle était séchée. Lisa hocha la tête en signe de satisfaction tout en examinant la pièce immaculée.

— Je crois que je n'ai jamais passé autant de temps dans une cuisine, déclara Tuareg. Pouvons-nous partir, maintenant ?

Il s'était bien amusé, ce soir. Pendant un court instant, il se demanda s'il s'amuserait autant à tous les repas si Lisa vivait ici. Au quotidien, elle apprécierait sûrement que d'autres cuisinent à sa place.

Elle acquiesça et sourit joyeusement, illuminant

ainsi tout son visage. Ses yeux avaient pris une couleur gris argent un peu mystérieuse.

— Dans mon cercle d'amis, la cuisine est le cœur de la maison. Tout le monde s'y réunit pour préparer le repas.

— Je crains que nous ne soyons plus protocolaires.

Il n'avait jamais vu Nura aller dans la cuisine, sauf pour donner des instructions particulières au cuisinier. Ses amies aimaient se réunir dans le salon ou se donner rendez-vous dans des clubs, où il y avait davantage de divertissement que lors d'une soirée tranquille à la maison.

Etrangement, il n'avait plus envie de se rendre dans de tels lieux. Il préférait nettement passer la soirée à discuter avec Lisa pour en apprendre davantage sur elle. Toutefois, c'était injuste vis-à-vis d'elle. Peut-être pourraient-ils sortir plus tard ?

Tuareg escorta Lisa dans le salon. En la voyant s'approcher des fenêtres et regarder la ville s'illuminer, il se souvint de la nuit où elle s'était montrée si enthousiaste à la vue de ces lumières. Et de ce qui avait suivi…

Mais ce soir, il ne voulait faire aucune supposition.

— Je ne me lasse jamais des vues comme celle-ci, dit-elle.

— Peut-être aimeriez-vous sortir et découvrir la ville de nuit ? Nous avons des clubs qui proposent de très bons divertissements.

Elle se tourna vers lui et inclina légèrement la tête.

— Je préférerais faire un tour en voiture pour voir les lumières de la ville. Je n'ai pas très envie de danser, avec ma cheville.

— Je vais faire préparer la limousine.

Quinze minutes plus tard, ils se retrouvèrent assis côte à côte dans la luxueuse voiture. Tuareg ferma la cloison qui les séparait du chauffeur, après avoir donné des instructions à ce dernier pour les conduire dans les différents quartiers de la ville.

Lisa regarda par la vitre avec impatience.

— Parlez-moi de Soluddai. Est-ce la ville la plus ancienne de Moquansaid ?

— Oui, en effet, il s'agit de la plus vieille ville habitée du pays.

Tuareg n'était pas sûr de vouloir servir de guide, mais qu'avait-il espéré en lui proposant cette balade ? En réalité, il avait davantage songé à s'éloigner de l'appartement et de la tentation qu'il offrait.

Mais maintenant, il se tenait encore plus près d'elle qu'il aurait pu l'être s'ils étaient restés dans le salon. Il pouvait sentir son parfum et presque toucher la douceur soyeuse de ses cheveux.

Lisa était nerveuse et dans ces cas-là, elle parlait plus qu'elle ne l'aurait dû. Chaque fois que le cheikh marquait une pause, elle posait une autre question. Tuareg la troublait comme aucun autre homme auparavant. Elle aurait pu l'écouter parler toute la nuit de sa voix profonde et enivrante. Elle avait du mal à résister à l'envie de se blottir contre lui. Cette douce torture la rendait folle, mais pour rien au monde elle n'aurait voulu être ailleurs.

— Où sommes-nous ? demanda-t-elle, quand ils se retrouvèrent dans une rue fréquentée.

— Il s'agit du quartier touristique. Ces restaurants et ces boîtes de nuit sont très appréciés des Européens.

Lisa lui jeta un coup d'œil.

— Veniez-vous souvent ici avec votre femme ?

— Parfois.

Lisa remarqua qu'il ne parlait que rarement de son épouse. Elle supposa que le chagrin causé par sa mort était encore trop vivace pour lui. Elle avait suffisamment entendu dire à quel point ils étaient attachés l'un à l'autre.

Il était déjà tard quand ils rentrèrent à l'appartement. Tuareg escorta la jeune femme jusqu'à la porte et lui dit au revoir sans entrer.

Lisa partit directement se coucher. Mais deux heures plus tard, elle se réveilla en sursaut. Une tempête faisait rage au-dehors. Elle n'avait remarqué aucun signe précurseur durant leur balade, mais elle n'avait eu d'yeux que pour les lumières et elle n'avait pas vu les nuages se former au-dessus d'eux.

Des éclairs transpercèrent le ciel, suivis immédiatement de coups de tonnerre. Elle frissonna et se blottit sous les couvertures. La pluie s'écrasait contre la fenêtre en formant de véritables rigoles. Lisa avait laissé les rideaux ouverts pour profiter de l'ambiance des lumières nocturnes, mais maintenant, elle assistait malgré elle à la violence de l'orage.

Elle sentit sa gorge se serrer. Tout espoir de se rendormir s'évanouit aussitôt. Une fois de plus, elle était redevenue la petite fille prise au piège de la voiture qui appelait sa mère.

Frissonnant malgré la chaleur du lit, elle regarda par la fenêtre, hypnotisée par le spectacle qu'elle voyait. Elle était au sec et en sécurité. Toutefois, son ancienne peur la tétanisait.

Combien de temps l'orage allait-il durer ? Une éternité, semblait-il. Toutefois, une demi-heure plus tard, le pire était passé. Lisa entendait encore par moments le faible grondement du tonnerre, mais le ciel ne s'illuminait plus comme en plein jour et la pluie cessa rapidement.

Elle se leva, enfila une chemise par-dessus sa nuisette et se rendit sans bruit jusqu'à la cuisine pour se préparer une tasse de lait chaud. Elle avait besoin de quelque chose pour se calmer les nerfs si elle voulait se rendormir. Il était plus de 4 heures du matin et elle n'avait pas suffisamment dormi. Toutefois, son cœur continuait à battre trop vite et les souvenirs n'en finissaient pas de lui revenir à la mémoire. Elle aurait aimé connaître le numéro de téléphone de Tuareg. Elle aurait au moins pu l'appeler pour pouvoir parler à quelqu'un.

Le lendemain matin, Maliq frappa à la porte de Lisa avant d'entrer avec un plateau à la main, garni d'une tasse de chocolat chaud et de croissants tout frais.

Lisa avait dormi plus longtemps que prévu.

Quand elle reconnut la femme de chambre, elle fut ravie de voir un visage familier.

— J'ignorais que vous travailliez ici également, dit-elle.

— Ce n'est pas le cas. Son Excellence m'a demandé de venir parce que je parle votre langue. Il a dit que vous resteriez là quelques jours. J'en suis enchantée. Je vous ai apporté votre petit déjeuner, déclara Maliq. Son Excellence voudrait savoir si vous désirez visiter la ville aujourd'hui.

— Ce serait avec joie. J'aimerais tant pouvoir prendre des photos.

Maliq posa le plateau sur les genoux de la jeune femme.

— Je vais le lui faire savoir. Il a dit qu'il passerait à 10 heures. Cela vous laisse le temps de vous habiller.

Elle s'inclina légèrement et quitta la pièce en silence.

Lisa dévora un croissant au beurre et savoura le succulent chocolat chaud. Quel luxe ! Elle pourrait rapidement s'y habituer, songea-t-elle.

Quand elle fut rassasiée, elle mit le plateau de côté et se leva pour s'habiller. Elle jeta un coup d'œil à sa montre. Il était presque 10 heures. Le fait d'être restée plusieurs heures sans dormir au beau milieu de la nuit avait perturbé sa notion du temps.

Elle se glissa dans ses vêtements et vérifia la sacoche de son appareil photo. Puis, elle se dirigea vers le salon.

Tuareg était déjà là. Dès qu'elle entra, il s'avança pour la saluer.

— Votre appareil est prêt ? demanda-t-il.

— Je ne peux pas rater cette opportunité. Ce livre est trop important pour moi.

— Alors, allons-y. J'ai pensé qu'une fois notre balade terminée, nous pourrions aller déjeuner chez moi. Ce n'est pas loin de la ville.

— Parfait.

Elle avait très envie de retourner voir sa villa. Elle avait trouvé les jardins si beaux. Et cette fois, elle pourrait s'y promener.

Quand ils arrivèrent sur le trottoir, Lisa fut surprise de trouver une petite voiture de sport rouge, garée au coin de la rue. Le toit de la décapotable avait été baissé.

— Ce sera plus pratique pour prendre des photos, fit remarquer Tuareg en l'invitant à s'asseoir.

— C'est la vôtre ?

— Oui, dit-il en prenant place derrière le volant.

— Et est-ce que vous conduisez vraiment très vite là-dedans ?

— La plupart du temps, oui. Mais pas aujourd'hui. Nous allons rouler très lentement pour que vous puissiez prendre les photos que vous voulez.

Elle éclata d'un rire insouciant et joyeux, puis sortit son appareil et le posa sur ses genoux. Elle était prête.

Soluddai présentait un mélange étonnant d'architecture classique traditionnelle et moderne. Les sculptures ornées et les faïences incrustées donnaient une richesse aux bâtiments traditionnels qu'elle photographiait avec un plaisir non feint.

— J'adore ces styles si différents, mais se mélangeant si bien les uns aux autres, s'enthousiasma-t-elle en prenant la photo d'un gratte-ciel en acier. C'est un peu comme ces gens que l'on voit marcher dans les rues, ajouta-t-elle. Certains portent une tenue traditionnelle, tandis que d'autres s'habillent à la dernière mode de Paris.

— Soluddai est une ville cosmopolite, murmura-t-il tout en se faufilant à travers la circulation dense de la route. Nous mélangeons l'ancien et le nouveau, l'Est et l'Ouest.

Lisa hocha la tête. Plus elle passait de temps avec Tuareg, plus elle voyait le contraste de leurs vies. Il était habitué aux lieux cosmopolites comme Soluddai, tandis qu'elle vivait dans une grande ville de la côte Ouest des Etats-Unis. Elle avait un petit groupe d'amis, triés sur le volet. Elle n'était jamais allée à Londres, ni à Paris, ni montée dans une voiture de sport.

Le gouffre qui les séparait semblait grandir de plus en plus. Elle savait qu'il n'oublierait jamais sa femme. Elle n'avait pas sa place dans sa vie et ne l'aurait jamais. Mais s'ils pouvaient être seulement amis, elle saurait s'en contenter.

— Vous êtes devenue bien silencieuse, remarqua le cheikh après quelques instants.

— Je réfléchissais à mon livre, mentit-elle.

Brusquement, la journée ne lui parut plus si radieuse que quelques minutes plus tôt. Elle allait avoir le cœur brisé, c'était inévitable. Elle était tombée amoureuse d'un homme si différent d'elle que les gens éclateraient de rire s'ils l'apprenaient…

Il tourna dans un grand parc et s'arrêta près des grilles.

— Venez. Je vais vous montrer l'un des trésors que cache ce parc.

Marchant le long d'un chemin bordé d'arbustes et de petites fleurs, Lisa remarqua les flaques d'eau qui s'étaient formées suite à la pluie de la veille. La journée était magnifique, sans un nuage dans le ciel.

— Ah, voilà !

Ils arrivèrent dans une grande clairière avec en son centre une énorme statue. Celle-ci représentait un chameau et un homme en tenue orientale, tous deux sculptés dans du marbre blanc étincelant.

— C'est magnifique ! s'écria-t-elle.

L'homme regardait en direction des montagnes. Le chameau était lourdement chargé de nombreux paquets et semblait suivre stoïquement son maître.

— Que représente-t-elle ? demanda Lisa tout en prenant des photos.

— Il s'agit de Mohammad bin Ker-Al. Il y a deux siècles, une troupe de soldats combattait dans le Nord. Ils se retrouvèrent coupés de leur ligne de ravitaillement, condamnés à mourir. Ils se battirent courageusement. Et par une nuit très noire, Mohammad réussit à passer avec un simple chameau chargé de denrées vitales qui permirent aux soldats de survivre un jour de plus. Cela suffit pour que les renforts arrivent sur le champ de bataille et fassent gagner la guerre aux soldats. Mohammad était originaire de Soluddai, et la ville a édifié cette statue en son honneur.

Lisa parvenait presque à s'imaginer la scène.

Elle fit le tour de la statue, se tenant à quelques mètres de distance pour pouvoir photographier l'intégralité de l'édifice.

— Qui l'a sculptée ? demanda-t-elle.

Tuareg lui donna le nom de l'artiste et lui raconta brièvement sa vie.

— Il est mort jeune. Il s'agit de son œuvre la plus impressionnante, ponctua-t-il.

— Elle l'est, en effet. Je crois que je vais la prendre pour faire la couverture de mon livre.

Tuareg avait toujours eu une fascination secrète pour l'artiste, Mohammad bin Saladar. Arriver à sculpter de tels chefs-d'œuvre dans un bloc de pierre l'émerveillait.

Et même si l'homme était mort avant l'âge de trente ans, il avait laissé derrière lui un héritage que toutes les générations vénéraient.

Tuareg se demanda quel héritage il allait laisser à sa mort. Le barrage, certes. Cela n'avait rien à voir avec une telle statue, mais sa construction contribuerait à améliorer la vie des générations futures.

Il aurait aimé avoir des enfants, mais Nura n'était pas prête. Chaque fois qu'il lui en parlait, elle répliquait qu'ils étaient trop jeunes et qu'il y avait encore tant de choses qu'elle voulait faire avant de devenir mère.

Mais maintenant, cela n'arriverait plus.

Il se tenait toujours près du chemin. Lisa s'était avancée pour prendre des photos de différents angles de vue. Voulait-elle se marier et avoir des enfants ? Ou aimait-elle trop voyager pour ça ? Vu sa relation avec les enfants lors de leur escapade dans le camp des nomades, il était persuadé qu'elle les aimait. Et il imaginait qu'elle ferait une excellente mère. Pour la première fois depuis trois ans, Tuareg se demanda s'il était en droit d'espérer un autre avenir.

9.

Dès qu'elle fut revenue à la voiture, Tuareg proposa à Lisa d'aller déjeuner.

— Nous pourrons retourner en ville plus tard, si vous le souhaitez, offrit-il.

— Volontiers.

Quand ils arrivèrent dans sa grande villa, un déjeuner les attendait sur la table du patio.

— C'est magnifique, admira-t-elle.

La salade était rafraîchissante et les petits pains, croustillants et chauds.

— Regrettez-vous que nous n'ayons pas préparé le repas nous-mêmes ? demanda-t-il en la regardant avaler sa première bouchée.

Elle lui sourit et secoua la tête.

— Je ne peux pas rivaliser avec ça. C'est si bon !

Ils parlèrent de tout et de rien au cours du repas. Quand ils eurent terminé, Lisa lui demanda si elle pouvait visiter la maison et prendre le jardin en photo.

— Vous pouvez photographier les jardins, répondit-il, mais pas la maison.

— Merci.

— Venez. Je vais vous montrer la villa, déclara-t-il en se levant.

La jeune femme prit son appareil en bandoulière et suivit Tuareg. Ils entrèrent dans la vaste entrée et s'arrêtèrent pour admirer le sol en marbre et les tentures couleur champagne. Un lustre luxueux pendait au plafond, et la pièce semblait tout droit extraite d'un magazine de décoration.

— Le lustre vient de France, commenta Tuareg.

Il continua la visite en entrant dans le salon. Lisa lui emboîta le pas et s'immobilisa à la porte. La pièce était entièrement décorée dans divers tons de jaune, et ne plaisait pas du tout à la jeune femme, qui préférait les ambiances plus colorées.

— C'est un peu formel, avoua Tuareg en regardant autour de lui. Je n'utilise cette pièce que rarement.

— Si vous ne vous en servez pas, pourquoi ne pas la changer à votre idée ? demanda Lisa.

Pendant un instant, la question le surprit.

— C'est Nura qui l'avait décorée.

— En réalité, cette maison semble bien trop grande pour un seul homme. Si vous n'avez vraiment aucune intention de vous remarier, pourquoi ne pas la vendre à une famille nombreuse ? Ne pensez-vous pas que cette maison mérite d'être habitée par des rires d'enfants, jouant dans l'entrée et courant dans les jardins ?

Le cheikh fronça les sourcils.

— Je n'ai aucune envie de vendre la maison. Elle me rappelle ma femme. Pourquoi souhaiterais-je effacer son souvenir ?

— Vous vous souviendrez toujours d'elle, Tuareg, affirma Lisa doucement. Vous n'avez pas besoin de choses matérielles pour cela. Ne changeait-elle jamais rien ?

— Elle changeait toujours tout. C'est la troisième version de cette pièce. Au début, elle était vert pâle. Nura vivait avec chaque atmosphère pendant un temps et ensuite, elle la changeait entièrement.

Il se rappela son excitation chaque fois qu'elle trouvait des tissus ou des accessoires pour changer le décor de l'une des pièces de la maison. Mais il se rappela également leurs disputes, car il était persuadé que son besoin continuel de changement était dû à l'ennui. Ils ne restaient jamais suffisamment longtemps à la maison pour se lasser des chambres avant qu'elle ne les transforme de nouveau. Nura protestait en déclarant que quand ce serait parfait, elle le saurait et elle n'aurait plus besoin de changer. Cependant, elle n'était jamais parvenue à trouver la perfection.

— Je ne voulais pas vous mettre en colère, s'excusa Lisa.

Il traversa la pièce pour s'approcher de la fenêtre.

— Je ne suis pas en colère, répliqua-t-il en se tournant vers elle. Je suis satisfait de ma vie telle qu'elle est. Ma femme est décédée. Elle ne reviendra pas, je le sais. J'ai recommencé une nouvelle vie, différente de l'ancienne, mais qui me convient. Et je n'ai pas envie de changer quoi que ce soit dans la maison.

— Je n'ai pas voulu insinuer que vous deviez le faire, sauf si vous en avez envie. J'aimerais que vous me montriez les autres pièces, si vous êtes toujours d'accord.

Ils visitèrent tout le rez-de-chaussée. La salle à manger était immense, avec une vingtaine de chaises. Arrivé à une porte, Tuareg hésita un moment, puis l'ouvrit et s'écarta.

Le petit salon était un vrai bijou, offrant des couleurs éclatantes de bordeaux, de bleu marine et de blanc. Les meubles semblaient avoir été conçus pour le confort plus que pour l'esthétique. Elle entra dans la pièce. Etait-ce le salon familial ? Une pièce pour se détendre ensemble, quand ils n'avaient pas d'invités ?

— Ce salon est si charmant ! déclara-t-elle avant de jeter un coup d'œil à Tuareg.

Celui-ci regardait fixement le divan, et finit par parcourir le reste du salon à contrecœur.

— C'était sa pièce préférée, confia-t-il doucement.

— Je comprends. Depuis la baie vitrée, on a une vue magnifique sur le jardin, remarqua Lisa.

Elle sentit que Tuareg était en proie à une vive émotion et alla à la fenêtre pour lui laisser un peu d'intimité.

« Il vous aime encore », murmura-t-elle mentalement à une femme depuis longtemps disparue.

S'il n'était pas parvenu à faire son deuil après trois ans, il y avait peu de chance pour qu'il y arrive au cours de cet été. En tout cas, il ne tomberait jamais amoureux d'une fille comme elle.

Soudain, Lisa se sentit exténuée. Elle n'avait qu'une envie : retourner au campement et oublier les sentiments que lui inspirait Tuareg.

Il était temps qu'elle affronte la réalité et qu'elle reprenne sa vie normale. Les contes de fées à l'orientale n'étaient pas destinés aux photographes de Seattle.

Le lendemain, Lisa retourna au campement avant le déjeuner. Elle n'avait pas revu Tuareg dans la matinée. Le musée avait envoyé une jeep pour la raccompagner, et seule Maliq était là pour lui dire au revoir.

Après avoir fait son compte rendu au professeur, elle reprit immédiatement le travail. Tout le monde était encore très excité par la récente découverte. D'autres ossements avaient été déterrés, ainsi que de petits objets décoratifs qui semblaient être des bijoux. La pièce qui attira particulièrement l'attention de Lisa représentait une petite feuille conçue dans un matériau vert translucide très fin.

— Est-ce que c'est du jade ? s'étonna Lisa.

— Nous le pensons, répondit fièrement le professeur. Nous devons la faire authentifier, mais si c'est le cas, cela prouve que Wadi Hirum était relié à la route de la soie. Cet objet a été découvert avec l'un des corps.

— C'est extraordinaire !

Elle prit plusieurs photos de différents angles

de vue. La couleur pâle ressortait bien sur le fond noir qu'elle utilisait.

Le reste de la journée se déroula comme n'importe quel autre jour pour Lisa. Toutefois, l'excitation qui régnait parmi les archéologues était flagrante.

Quand l'heure du dîner arriva, Lisa se sentit encore plus mise à l'écart que d'habitude. Elle n'avait pas assez de connaissances dans le domaine pour discuter des implications des récentes découvertes. Ils étaient tous très amicaux vis-à-vis d'elle, mais la nouvelle trouvaille était trop excitante pour qu'ils perdent leur temps en bavardages futiles. La jeune photographe décida d'aller faire un tour une fois son repas terminé.

Elle se promena jusqu'à l'enclos de fortune, qui avait été installé pour le cheval de Tuareg. Le paysage avait des reflets argentés partout où elle regardait. Le crépuscule était son moment favori.

Autour d'elle, tout lui rappelait Tuareg. Ressentait-il la même chose dans sa villa ? Chaque pièce, chaque objet lui rappelaient-ils sa femme et l'avenir qu'ils ne pourraient jamais avoir ? Soupirant tristement, elle reprit le chemin de sa tente. Elle comptait rédiger son journal et se coucher de bonne heure.

Elle avait déjà développé les photos prises à Soluddai et sélectionné celles qu'elle pensait mettre dans son livre. Sa préférée restait celle de la statue, dans le parc.

Ainsi que la photo qu'elle avait prise de Tuareg qui l'attendait, appuyé contre sa voiture.

Le lendemain matin, Lisa était dans la tranchée quand l'un des assistants accourut vers elle.

— Il y a un appel pour vous dans la tente principale, dit-il, essoufflé. Du cheikh Tuareg al Shaldor.

Lisa courut vers la tente, de peur qu'il ne raccroche si elle ne répondait pas rapidement.

— Allô ?

— C'est Tuareg. Mon oncle aimerait donner une réception d'adieu en l'honneur des membres de votre équipe, le dernier vendredi du mois d'août. Le projet devrait être terminé à cette date, n'est-ce pas ?

— Je pense. Il faut que je vérifie sur le planning.

Le professeur pouvait renoncer à tout espoir de voir l'échéance prévue être rallongée.

— Des chambres seront retenues pour tout le personnel à l'hôtel Luxor, dit-il.

Lisa savait qu'il s'agissait de l'hôtel le plus cher de la ville.

— Comme c'est gentil à vous ! Ne devriez-vous pas plutôt voir ça avec le Pr Sanders ? demanda-t-elle, surprise que Tuareg l'appelle pour ça.

— Peut-être, mais j'avais envie de vous parler.

Elle s'assit sur un tabouret devant elle et sourit.

— Je suis ravie de discuter avec vous, répondit-elle.

Fermant les yeux, elle l'imagina tout près d'elle.

— Etes-vous retourné dans le désert ? lui demanda-t-elle.

— Je pars demain pour quelques jours. Ham va finir par s'ennuyer s'il ne sort pas régulièrement. Et vous, qu'avez-vous fait ces temps-ci ?

— J'ai développé toutes les photos que j'ai prises à Soluddai. Et nous avons fait une découverte vraiment surprenante ici.

— Encore plus étonnante que les tombes ? demanda-t-il.

— Ils ont trouvé une sculpture en jade. D'après le professeur, cela prouve que les habitants de Wadi Hirum étaient liés à la route de la soie.

— Est-il sûr qu'il s'agisse bien de jade ?

— Non, l'objet doit être authentifié. Mais après la découverte des statuettes en céramique, cette hypothèse est d'autant plus probable. La pièce a été découverte à l'intérieur d'une tombe. Tout le monde est très excité ici.

— C'est une trouvaille capitale, déclara Tuareg d'un air songeur.

— C'est ce qu'ils ont dit. Je l'ai photographiée. C'est un objet délicat et très beau. Il est d'un vert très pâle et translucide, ce qui lui confère un aspect presque surnaturel.

— Etes-vous aussi excitée que vos collègues ?

La jeune femme se mit à rire doucement.

— Je n'ai pas conscience de toutes les implications de cette découverte. Et, contrairement au professeur, trouver un tel trésor ne changera rien à ma renommée. D'après certains étudiants, dès que tout le monde saura ce qu'il a découvert, il sera sollicité pour travailler sur d'autres fouilles. Et il jouira d'un plus grand prestige à l'université.

— Mais pas vous ?

— Je ne suis que photographe. Merci encore de m'avoir invitée dans votre villa l'autre jour. J'ai pris des clichés magnifiques des jardins.

— Quand comptez-vous retourner à Soluddai ?

— Probablement pas avant notre départ, dit-elle.

Pendant un court instant, elle espéra qu'il l'inviterait de nouveau.

— Serez-vous à la soirée donnée par votre oncle ?

— Bien sûr, affirma-t-il.

— Alors j'espère qu'on s'y verra.

— Lisa…

— Oui ?

Tuareg fit une pause, puis se contenta de dire :

— Prenez soin de vous. Je vous verrai avant votre retour en Amérique.

La jeune photographe raccrocha le téléphone. Elle aurait aimé trouver quelque chose de spirituel à dire pour le garder encore quelques minutes en ligne. Elle avait beau se répéter qu'il n'y aurait jamais rien entre eux, elle conservait toujours une petite pointe d'espoir au fond d'elle-même.

Deux jours plus tard, trois jeeps arrivèrent au campement avec, à leur bord, une délégation du musée national. Quand Lisa les entendit, elle sortit de sa tente pour voir de qui il s'agissait. Dans le premier véhicule, elle reconnut le ministre de la Culture. Surprise de voir plus d'une dizaine de personnes arriver sans prévenir, elle s'avança pour saluer le ministre.

— Le Pr Sanders est-il là ? demanda l'homme après avoir répondu au salut de Lisa.

— Il est dans la tranchée. Je peux vous conduire à lui si vous le souhaitez.

Le ministre donna des instructions à ses hommes. Deux d'entre eux partirent dans la tente de travail, deux autres l'accompagnèrent et ceux qui restaient commencèrent à décharger le matériel.

Lisa leur jeta un œil méfiant tout en se dirigeant vers le site des fouilles.

— Quelque chose ne va pas ? demanda-t-elle.

— Rien qui vous concerne, lança-t-il sèchement.

En quelques minutes à peine, ils atteignirent les fouilles.

Après leur dernière découverte, les archéologues avaient redoublé d'enthousiasme et accepté volontiers de faire des heures supplémentaires.

— Professeur Sanders ! cria Lisa.

L'archéologue sortit d'une tranchée secondaire.

— Oui ?

Comme il ne connaissait pas le ministre, Lisa fit les présentations.

— Je suis ravi que vous soyez venu voir le site, s'enthousiasma le professeur.

— Je ne suis pas seulement venu le voir. A partir d'aujourd'hui, je prends en charge la responsabilité des fouilles. Vous et votre équipe avez jusqu'à demain après-midi pour emballer vos affaires et partir, déclara le ministre.

— Comment ?

Le professeur était stupéfait. A cette annonce, tous les archéologues cessèrent le travail immédiatement.

— Mais… la fin des fouilles était prévue à la fin de l'été ! protesta le professeur.

— Les données ont changé. Je veux que vous me montriez ce que vous avez trouvé depuis votre dernier envoi au musée et ensuite, vous pourrez commencer à faire vos bagages. Mes hommes vont prendre le relais. Le site a pris une importance capitale et nous voulons nous en occuper, à présent.

— Que s'est-il passé pour que vous changiez d'avis ? demanda le professeur.

— Je crois que vous avez récemment découvert un objet étonnant. Une pièce en jade.

— Nous pensons qu'il s'agit de jade. Mais cela doit d'abord être authentifié.

— Si c'est le cas, cela va changer toute l'histoire de cette région. C'est trop important pour que nous laissions des étrangers continuer les recherches. Nos propres historiens vont poursuivre les fouilles.

— Mais…

— Cela suffit. Je vous prie de demander aux membres de votre équipe de quitter le site. Nous préférerions que vous gardiez secrètes les découvertes faites cet été. Nous divulguerons les informations au public au moment que nous jugerons approprié.

Lisa assista à la scène, ébahie. Comment le ministre avait-il entendu parler de cet objet en jade ?

Elle sentit brusquement son cœur se serrer. Etait-ce sa discussion avec Tuareg qui avait causé ce brusque revirement ? L'expression figée sur le visage du professeur allait la hanter pendant des années. Il avait mis tout son cœur et toute son âme dans ce site archéologique. Ils ne pouvaient pas réduire à néant sa participation aux découvertes de cet été !

Tournant les talons, elle se précipita vers la tente de travail. Elle ignora les hommes qui emballaient les objets dans les cartons et se dirigea résolument vers le téléphone. Elle le saisit, puis hésita. Elle ne savait pas comment contacter Tuareg, mais si quelqu'un pouvait influer sur la décision du ministre, c'était bien lui.

— Excusez-moi, dit-elle en s'adressant aux étrangers. Pouvez-vous m'aider à appeler quelqu'un ?

— Bien sûr, répondit un des hommes en s'avançant. Qui désirez-vous contacter ?

— Le cheikh Tuareg al Shaldor.

L'homme cilla, puis prit le combiné. Il se connecta avec un opérateur et parla rapidement en arabe avant de tendre l'appareil à Lisa.

— Tuareg ? dit-elle.

— Je suis navrée, madame, répondit une voix féminine. Son Excellence n'est pas en ville actuellement.

— Est-il parti dans le désert ?

— Qui est à l'appareil ?

— Lisa Sullinger. Est-il dans le désert ?

— J'ai bien peur que les déplacements de Son Excellence ne concernent pas le grand public. Je peux prendre un message si vous le souhaitez. Il l'aura à son retour.

— Ce sera trop tard…

Lisa raccrocha.

Bon sang, il devait bien y avoir un moyen de contacter Tuareg ! Il les aiderait, elle en était sûre.

Pourrait-elle retrouver sa tente dans le désert ? Elle savait où se trouvait la maison dans laquelle elle s'était foulé la cheville. Pourrait-elle retrouver le campement de Tuareg à partir de là ? Elle avait une vague idée de la direction, mais serait-ce suffisant ?

Le professeur pénétra dans la tente, jeta un regard noir aux hommes en plein travail, puis regarda Lisa.

— J'ai bien peur que notre expédition soit terminée. J'ai demandé qu'on nous laisse trois jours pour faire nos bagages. Ce n'est pas grand-chose, mais c'est toujours mieux que rien.

— J'ai essayé de joindre Tuareg, mais il n'est pas chez lui. Je pense qu'il est dans le désert. Si vous me prêtez une jeep, je crois que je pourrais le retrouver. Il devrait être en mesure de faire quelque chose pour nous.

Si le ministre de la Culture avait entendu parler de l'objet en jade, c'était peut-être sa faute, et elle ne le supportait pas. Elle avait sans doute provoqué cette situation et ferait tout son possible pour la débloquer.

— Où se trouve sa tente ?

— A l'ouest des vieilles ruines où je suis tombée. Je peux assez facilement retourner là-bas, puis partir vers l'ouest. Je pense me souvenir de quelques points de repère qui m'aideront à m'orienter, assura-t-elle.

— Vous risquez de vous perdre. C'est trop dangereux. Nous allons appeler Son Excellence et voir si nous pouvons trouver un arrangement.

Lisa regarda le professeur passer son appel. Scrutant l'expression de son visage, elle sut le moment précis où sa requête avait été refusée.

Elle empoigna les clés situées à l'endroit habituel et s'arrêta juste le temps de prendre quelques bouteilles d'eau et de quoi grignoter. Puis, elle monta dans la première jeep et démarra.

Ce véhicule était équipé d'un GPS. Elle espéra qu'il pourrait l'aider à retrouver son chemin si elle ne trouvait pas Tuareg.

Dès la fin de la matinée, Lisa aperçut les contours d'un bâtiment et de quelques grands palmiers qui se découpaient sur le ciel bleu limpide. Elle venait de trouver la vieille maison. Elle allait devoir se fier à sa mémoire à présent.

Elle changea de cap et commença à rouler vers l'ouest.

Au milieu de l'après-midi, la jeune femme était presque prête à rentrer au camp. Elle était perdue. Elle arrêta le véhicule et se mit debout sur son siège pour scruter l'horizon. Rien.

Lisa était fatiguée. Elle aurait aimé trouver un peu d'ombre pour pouvoir s'allonger et se reposer. Mais elle se rassit sur le siège du conducteur et redémarra la jeep. Elle vérifia la jauge d'essence : il lui restait encore un peu plus d'un demi-plein. Dès qu'elle arriverait à la moitié, il lui faudrait retourner au campement.

La jeune femme se dirigea vers le nord et roula pendant une demi-heure. Regardant de nouveau autour d'elle, elle ne reconnut rien de familier. Le temps lui était compté. Si elle ne trouvait pas Tuareg, dans trois jours, ils devraient quitter le site. Elle savait qu'il lui était impossible de parcourir toute la région, car les distances étaient trop grandes. Toutefois, si elle ne trouvait pas Tuareg aujourd'hui, elle reviendrait le lendemain, et le jour suivant…

Lisa s'arrêta une fois de plus. D'après la jauge d'essence, le réservoir était à moitié vide. Elle allait rentrer en ligne droite en suivant les instructions du GPS. Elle ne voulait pas prendre le risque de se retrouver coincée dans le désert.

Elle parcourut l'horizon une dernière fois.

Brusquement, en plein nord, elle distingua des palmiers. Etait-ce la tente de Tuareg ?

Elle roula aussi vite que la jeep le lui permit malgré le terrain rugueux. Bientôt, elle vit les arbres, puis le toit de la tente. Dès qu'elle atteignit l'oasis, elle arrêta le moteur et sauta de la voiture.

— Tuareg ? l'appela-t-elle.

Elle courut jusqu'à l'ouverture de la tente et entra. C'était bien celle du cheikh. Elle reconnut les magnifiques tentures et les objets exceptionnels à l'intérieur. Mais elle était vide.

Etait-il parti faire un tour avec Ham ?

Elle pouvait à peine respirer. Allait-il revenir ? Ou était-il rentré en ville ? Elle ressortit et courut jusqu'à l'enclos du cheval. Il y avait de l'eau fraîche et du foin empilé dans la mangeoire. Il allait revenir, pensa-t-elle. Du moins, elle l'espérait.

Elle retourna lentement vers la jeep, monta à l'intérieur et saisit une bouteille d'eau. Elle but quelques gorgées, sans quitter l'horizon des yeux. Il fallait qu'il revienne.

10.

Chevauchant son cheval, Tuareg rentra au crépuscule. Quand il arriva au sommet d'une dune, il aperçut une jeep garée devant sa tente. Il commença à s'inquiéter. Peu de gens connaissaient cet endroit. S'agissait-il d'une urgence ?

— Tuareg ! cria Lisa alors qu'il était encore loin.

Elle sortit du véhicule et commença à courir vers lui.

Poussant Ham au galop, il rejoignit la jeune femme en quelques secondes et mit pied à terre.

— Que faites-vous là ? demanda-t-il, étonné de la voir.

La vue de la jeune femme lui inspira des sentiments surprenants. Il avait envie de la prendre dans ses bras pour s'assurer qu'elle allait bien. Etait-elle venue jusqu'ici toute seule ?

— Tuareg, quelque chose de terrible est arrivé et j'ai besoin de votre aide, l'implora-t-elle en se cramponnant à son bras. Je vous en prie…

— Que s'est-il passé ?

— Votre ministre de la Culture est arrivé au campement ce matin et nous a ordonné de partir.

Il s'avança vers sa tente tout en tenant les rênes du cheval.

— Je sais, avoua-t-il.

— Vous savez ?

Elle s'arrêta et le regarda fixement.

— C'est mon oncle qui lui en a donné l'ordre. Je lui ai parlé de la découverte du morceau de jade. Les figurines en céramique ont suscité un très vif intérêt. Et avec la dernière découverte, le site a pris une nouvelle importance…

— Le Pr Sanders a eu le cœur brisé quand on lui a ordonné de partir. Il s'est beaucoup investi dans ces fouilles. On ne peut pas juste le renvoyer comme ça. Il mérite qu'on reconnaisse les découvertes qu'il a faites.

Tuareg resta silencieux. Cette situation ne le concernait pas vraiment, et cette décision n'était pas la sienne.

— Tuareg, je vous en prie. Aidez-nous…

— Je n'ai pas le pouvoir de changer les ordres de mon oncle, affirma-t-il.

Ils atteignirent l'enclos de Ham. Le cheikh dessella le cheval, ajouta un peu de foin dans la mangeoire et fit demi-tour.

Manquant heurter Lisa, il inspira profondément. Il n'avait pas eu l'intention de revoir la jeune femme. Il n'aimait pas les sentiments qu'elle faisait naître en lui.

Lisa posa sa main sur son bras et le regarda.

— Je vous en prie, aidez-nous ! Et surtout, aidez le Pr Sanders. J'ai besoin de vous pour rétablir la vérité. C'est moi qui vous ai parlé du morceau de jade. Si j'avais tenu ma langue, rien de tout cela ne serait arrivé.

— Les statuettes avaient déjà retenu leur intérêt. La découverte de l'objet de jade n'a fait qu'accélérer les choses.

— Alors vous refusez de m'aider ?

— Ecoutez, je ne vous fais aucune promesse, la prévint-il. Mais je vais essayer de contacter mon oncle.

— Oh, merci, Tuareg ! s'exclama Lisa en se jetant à son cou et en l'embrassant.

Il répondit avec empressement en la prenant dans ses bras et en lui rendant un baiser passionné. Quand il songeait aux dangers qu'elle avait affrontés, traversant seule le désert, il en avait des frissons.

Lentement, ils s'écartèrent l'un de l'autre.

— Je ne vous promets rien, répéta-t-il avant qu'elle ne se mette à espérer l'impossible.

— Je sais. Mais vous allez au moins essayer. Merci.

Il s'avança à grands pas vers la tente et saisit la radio. Lisa le suivit et s'assit sur le divan, les yeux rivés sur lui.

Tuareg pouvait sentir l'espoir silencieux de la jeune femme qui le regardait. Mais l'issue de sa conversation avec son oncle n'allait certainement pas lui plaire.

— Je comprends…, dit-il au vieil homme.

Celui-ci refusait de revenir sur sa décision, et l'équipe archéologique devrait partir.

Tuareg se tourna pour ne pas voir la déception qui ne manquerait pas d'apparaître sur le visage de Lisa.

— Alors ? demanda-t-elle, quand il eut raccroché.

Lentement, il se retourna. Il se débarrassa de sa djellaba et alla se servir une boisson fraîche dans la glacière.

— Voulez-vous boire quelque chose ? proposa-t-il.

— Il a refusé, n'est-ce pas ? demanda-t-elle d'un air abattu.

— Il a refusé, confirma Tuareg.

Il détestait la voir si triste et si déçue.

— Vous avez toujours vos photos et les classeurs, dit-il.

Elle secoua la tête.

— Ils ont également pris toutes mes photos. J'espère qu'ils me rendront celles qui ne concernent pas le site, mais rien n'est moins sûr.

Elle sortit. Il l'entendit marcher et monter dans la jeep.

Comptait-elle repartir ? Il la suivit rapidement, atteignant l'entrée de la tente au moment où le moteur démarrait.

— Attendez, je viens avec vous !

— Pour quoi faire ? s'exclama-t-elle. Nous allons faire nos bagages et partir dans trois jours. Nous n'avons pas besoin de vous.

— Vous êtes venue me demander de l'aide, pourtant.

— Oui, mais en vain.

— Lisa, cette décision ne dépend pas de moi.

— Peut-être pas, mais c'est ma faute si vous avez appris la découverte de l'objet en jade, dit-elle avant de lui lancer un regard noir. Quelle idiote j'ai été !

Il arriva à la jeep et empoigna la portière.

— Laissez-moi venir avec vous. Je peux essayer de récupérer vos photos.

Elle ne répondit pas immédiatement.

— Je serai prêt à partir dans dix minutes.

Avant qu'elle ne puisse protester, il coupa le moteur et enleva la clé du contact.

Elle lui lança un regard furieux.

— On dirait que je n'ai pas le choix.

— Dix minutes…

Tuareg repartit dans sa tente et rassembla ce dont il avait besoin pour rester quelques jours au campement. Il appela l'un de ses employés pour qu'il vienne s'occuper de Ham. Finalement, il était prêt moins de dix minutes plus tard.

Quand il retourna à la jeep, la jeune femme n'avait pas bougé.

— Je vais conduire, dit-il.

Elle haussa les épaules et se glissa sur le siège du passager.

— Je suis surpris que vous m'ayez trouvé, s'étonna Tuareg en démarrant le moteur.

— Ce n'était pas facile. Comme vous allez le voir, il ne nous reste plus que la moitié du réservoir. Si je n'avais pas vu les palmiers, je serais rentrée et j'aurais de nouveau essayé de vous trouver demain.

Tuareg jeta un coup d'œil à sa passagère tandis que le sol cahoteux secouait le véhicule.

— Vous auriez pu avoir de sérieux ennuis en partant ainsi, toute seule. Le désert est un endroit dangereux.

La jeune femme soupira doucement et regarda autour d'elle.

— Peut-être, mais il est tellement beau ! Ici, j'ai appris une tout autre façon de vivre. Je songe quitter Seattle, une fois de retour à la maison.

— Pour aller où ?

— En Arizona ou au Nouveau-Mexique. Dans un Etat plus désertique.

Cela faisait un moment que cette idée lui trottait dans la tête. Elle aimait les rayons éclatants du soleil, qui modifiaient la couleur de la terre en fonction de leur trajectoire. Bailey et Sara ainsi que ses autres amis allaient lui manquer si elle déménageait, mais elle garderait leur amitié et elle se ferait de nouveaux amis, là où elle s'installerait.

— Tout le monde n'aime pas le désert. Et ceux qui l'aiment s'en lassent au bout d'un moment, déclara Tuareg.

— Est-ce votre cas ? lui demanda-t-elle.

Le cheikh secoua la tête.

— Je suis né ici et mes ancêtres ont toujours vécu à Moquansaid. Cette région fait partie de moi.

— Cependant, votre villa se trouve au milieu d'une végétation luxuriante et dispose de l'eau courante.

— J'apprécie les avantages d'une oasis en plein désert, pas vous ?

Lisa hocha la tête.

— Ces contrastes font partie du charme inattendu de cet endroit. Je crois que j'aurais pu vivre à Wadi Hirum.

Pendant le trajet, Lisa avait l'impression d'avoir trahi le professeur. A une ou deux reprises, la jeep fit une embardée, manquant de se renverser. Elle laissa échapper un petit cri et s'accrocha au véhicule.

— Je n'abîmerai pas la voiture, la rassura Tuareg.

— Ma mère non plus ne pensait pas abîmer la voiture. Mais un accident est si vite arrivé…, déclara Lisa, le cœur battant à toute vitesse.

— Est-ce ainsi qu'elle est morte ? Dans un accident de voiture ?

— Oui.

Il lui jeta un coup d'œil furtif.

— Quel âge aviez-vous ?

— Six ans. J'étais avec elle.

Il resta sans voix. Lisa se demanda pourquoi elle le lui avait dit. Cela faisait des années qu'elle n'avait pas parlé de cette nuit-là.

— Avez-vous été blessée ?

— Non, mais j'étais bloquée dans la voiture car mon pied était coincé. Il pleuvait des cordes. J'avais froid. Il faisait nuit et je n'arrêtais pas d'appeler ma mère, se rappela Lisa en frissonnant.

Elle ne pourrait jamais oublier l'horreur de cette nuit-là.

— Que s'est-il passé ?

Le ton calme du cheikh l'aida à maîtriser ses émotions et elle put lui répondre d'une voix sereine.

— Après ce qui m'a paru une éternité, une autre voiture est arrivée et s'est arrêtée. Puis, on m'a emmenée à l'hôpital et mon père est venu me chercher.

— On ne se remet jamais d'un tel traumatisme.

— Non.

Ils roulèrent en silence pendant un moment.

— Etiez-vous avec votre femme quand elle est morte ? demanda Lisa.

— Nous étions à une fête de famille. Tout le monde était à table quand elle a hurlé de douleur. Elle est tombée en arrière avant que je puisse réagir et s'est retrouvée par terre. Le temps que j'arrive à ses côtés, elle était morte.

— Je suis navrée…

— Moi aussi, je suis navré pour vous.

Lisa pensait que la perte qu'ils avaient connue tous les deux aurait pu les rapprocher, mais Tuareg sembla se refermer sur lui-même après lui avoir parlé de la mort de sa femme.

Il était tard quand ils aperçurent les lumières du campement. A leur arrivée, le Pr Sanders sortit de la tente de travail.

— Nous commencions à nous inquiéter pour vous, Lisa. Votre Excellence, y a-t-il quoi que ce soit que vous puissiez faire pour nous ? demanda-t-il à Tuareg.

— Je ne peux pas modifier la décision de mon oncle. Toutefois, Lisa m'a parlé de l'ordre qui vous a été donné de taire les découvertes que vous avez faites. Vous avez dirigé ces fouilles et vous avez trouvé des objets d'un intérêt capital. Vous aurez les honneurs que vous méritez pour cela. Et je parlerai au ministre. Il n'a aucun droit de prendre les photos de Lisa.

— Je ne suis pas tant intéressé par les honneurs que par les futurs trésors de ce site. Ces objets vont révolutionner la façon dont nous voyons l'histoire dans cette partie du monde, déclara le professeur.

Tuareg descendit de la jeep et se rendit dans la tente de travail. Lisa le regarda disparaître à l'intérieur, puis se tourna vers le professeur.

— Je suis désolée. J'ai vraiment cru qu'il pourrait nous aider.

— La vie nous réserve de nombreuses déceptions. Mais nous devons aller de l'avant. Je suis content que vous soyez rentrée, saine et sauve.

Sur ce, il se retourna et partit lentement en direction de sa propre tente.

Lisa alla dans la tente principale pour se chercher quelque chose à manger. Elle regarda le planning des douches et, voyant qu'il était libre, s'empressa d'y inscrire son nom.

Cela n'avait rien de vraies douches. L'eau était conservée dans de grands réservoirs, suspendus à une plate-forme en hauteur. Chauffée par le soleil la journée, elle était agréablement tiède en début de soirée.

La jeune femme prit sa serviette, un short et une chemise propres et partit en direction des douches, qui se trouvaient un peu à l'écart du campement.

Tandis qu'elle traversait le site, Tuareg la rejoignit.

— Vos photos vous seront rendues dans la matinée.

— Oh, Tuareg ! Merci.

Le cheikh hocha la tête.

— Alliez-vous vous balader ? demanda-t-il.

— Non, j'allais prendre une douche.

— Et c'est par là ?

— Oui, c'est un peu à l'écart pour que nous puissions avoir une certaine intimité.

— Alors, permettez-moi de faire quelques pas avec vous.

Quand ils aperçurent les installations sanitaires, Lisa se demanda s'il prévoyait de l'attendre. Elle jeta un œil à Tuareg. La lumière déclinait, mais elle crut voir une lueur d'amusement dans son regard.

Dès qu'ils furent arrivés aux douches, le cheikh étudia les installations un moment, semblant chercher quelque chose.

— Il n'y a pas de banc ?

— Pour quoi faire ?

— Pour les gens qui attendent.

— Nous nous inscrivons à des horaires précis. Il n'y a pas d'attente.

En songeant qu'elle allait devoir se déshabiller et se doucher à seulement quelques centimètres de lui, elle sentit son cœur battre plus vite.

Elle marcha jusqu'à l'ouverture de la douche. Il y avait des crochets sur le panneau de bois pour les vêtements et les serviettes. Elle suspendit ses affaires, sortit son savon et son shampooing de son petit sac et les posa à un endroit accessible. Après avoir enlevé ses vêtements à la hâte, elle s'avança sous le pommeau de douche. Tirant sur la corde, elle la maintint en place tandis que l'eau chaude caressait sa peau. Puis, elle relâcha la corde pour se laver les cheveux.

— Déjà fini ? demanda une voix de l'autre côté du panneau.

Lisa sursauta.

— Non, nous ne gaspillons pas l'eau. Je me savonne.

— Ah !

Elle frissonna.

— Vous me rendez nerveuse, s'exclama-t-elle.

— Pourquoi ça ?

Elle se mordit la lèvre, tirant de nouveau sur la corde pour laisser l'eau rincer son corps.

— Je n'ai pas l'habitude d'avoir de la compagnie sous la douche.

Elle l'entendit rire doucement et esquissa un sourire malgré elle.

— Allez faire un tour, le supplia-t-elle.

— Je n'irai pas loin, répliqua le cheikh.

La jeune femme se hâta de se laver, puis s'enveloppa dans une serviette pour se sécher. Enfilant ses vêtements propres, elle se sentit revivre. Elle rassembla ses affaires et sortit de la douche. Il n'y avait personne dans les parages. Il avait dû effectivement s'éloigner.

Elle prit la direction du campement. Parvenue à quelques mètres de sa tente, elle chercha Tuareg des yeux, mais ne le vit pas…

Caché dans l'ombre, le cheikh observait Lisa qui regagnait sa tente. Il pensait avoir encore plus d'un mois devant lui avant le départ de la jeune femme, mais son oncle avait précipité les choses. Elle risquait de partir dans deux jours.

Il savait que chaque nuit, quand il essaierait de s'endormir, le souvenir d'une Lisa joyeuse et enthousiaste viendrait le hanter.

Mais pouvait-il renoncer au souvenir de Nura et tomber amoureux d'une autre femme ?

Aujourd'hui, il avait eu peur quand il avait appris que Lisa était partie seule dans le désert.

Si elle avait eu une panne de moteur, elle se serait retrouvée complètement coincée. Combien de temps aurait-il fallu à une équipe de secours pour la retrouver ?

Aurait-il seulement appris sa mort ? Cette pensée le terrifia. Etait-ce déjà trop tard pour qu'il oublie Lisa ?

11.

Lisa allait partir dans deux jours, et Tuareg devrait lui dire au revoir. Elle repartirait à Seattle et il retournerait dans sa grande villa vide.

— Quelle est la meilleure période pour visiter Seattle ? demanda-t-il.

— Comment ? s'écria-t-elle.

Elle était assise sur son lit de camp et regardait les photos qu'on lui avait rendues. Tuareg s'assit à côté de la table et la regarda.

— Quelle est la meilleure saison à Seattle ? répéta-t-il.

— L'été, je suppose. Bien qu'il pleuve beaucoup. Mais c'est magnifique quand il fait beau. Vous pensez venir ?

— Peut-être.

— Alors je dois vous prévenir que si vous attendez l'été prochain, je serai peut-être partie.

Il tressaillit.

— Où ça ?

— Je ne sais pas encore, mais j'ai adoré mon séjour ici et je pensais postuler pour travailler sur d'autres fouilles.

Elle avait sa vie et il n'en faisait pas partie. A quoi ressemblerait sa propre existence, une fois qu'elle ne serait plus là ?

— Qu'en pensez-vous ? demanda-t-elle en lui montrant une photo de la statue dans le parc.

Il s'obligea à regarder les photos alors qu'au fond de lui, il n'avait qu'une envie : lui demander de rester.

Assise sur une caisse, Lisa regarda les hommes démonter les tentes. La veille, elle avait rangé ses effets personnels dans des cartons, ainsi que la plupart de ses photos, mais elle avait préféré garder les négatifs sur elle.

Son travail était terminé. Elle avait pris encore quelques photos de dernière minute pour son album souvenir, vérifié de nouveau qu'elle avait bien les adresses de tout le monde. Maintenant, elle n'avait plus qu'à s'asseoir et attendre.

Tuareg était parti avec le camion qui transportait leur équipement. Il lui avait proposé de revenir la chercher en hélicoptère, mais elle avait refusé.

Elle voulait rester en compagnie des collègues avec qui elle avait passé une partie de son été. Dans deux jours, elle ne reverrait sûrement pas la plupart d'entre eux.

Elle regarda autour d'elle, essayant de ne pas réfléchir. Demain soir, après la réception dont la date avait été avancée, elle allait dormir dans l'appartement de Yasmin. Puis, le lendemain matin, de bonne heure, ils embarqueraient tous à bord d'un avion et rentreraient chez eux.

Lisa était habituée aux adieux, même si elle les avait toujours détestés. Elle réprima quelques larmes.

Mais rien n'était plus triste que de devoir quitter Tuareg. Elle aurait aimé être suffisamment courageuse pour lui avouer ses sentiments. Changerait-il d'avis sur le fait d'avoir une deuxième chance s'il savait que quelqu'un l'aimait ? Elle ne le pensait pas. Sinon, elle n'hésiterait pas à le lui dire.

La réception était gigantesque. Le grand hall du musée avait été ouvert aux mécènes, à quelques invités spéciaux et aux membres de l'expédition archéologique du Pr Sanders. Lisa portait la robe qu'elle avait achetée pour la soirée d'anniversaire de Jeppa.

Dans la matinée, Yasmin était venue chercher

Lisa à son hôtel et les deux femmes avaient passé la journée ensemble. Lisa avait rencontré le père de Tuareg, qui l'avait charmée. Beaucoup de choses chez lui lui rappelaient son fils. Yasmin ne lui avait pas dit si Tuareg avait l'intention d'assister à la soirée. Elle parcourut la salle bondée des yeux, mais ne vit pas le cheikh, et fut bientôt gagnée par la déception.

Si le Pr Sanders venait d'être littéralement flanqué à la porte, il restait l'homme de la soirée, et même le ministre souriait. Lisa leva son appareil pour immortaliser cet instant. Ce devait être les dernières photos destinées à son album souvenir.

— Et qui va prendre des photos de vous pour votre album ? demanda soudain une voix familière.

Elle se tourna, le cœur joyeux.

— Vous ! répliqua-t-elle en tendant son appareil à Tuareg.

Le cheikh prit quelques clichés, dont l'un avec le ministre, qui rayonnait suite aux récentes découvertes.

— Voulez-vous boire quelque chose ? lui proposa-t-il.

— Volontiers.

Il fit signe à un serveur qui s'approcha avec deux verres.

— A un brillant avenir, Lisa Sullinger. Que votre livre vous apporte la célébrité et la fortune.

Il fit tinter son verre contre celui de la jeune femme.

— Merci, répondit-elle en détournant les yeux de peur qu'il ne voie les larmes qu'elle tentait de retenir.

Elle n'était pas sûre de pouvoir s'amuser, alors qu'elle avait le cœur brisé. Combien de temps leur restait-il avant que la soirée ne s'achève ?

— Vous voilà, Lisa. Venez avec moi. Je voudrais vous présenter un ami, l'interpella Jeppa quelques instants plus tard. Il va aller à l'université de Berkeley. Ce n'est pas si loin de Seattle, n'est-ce pas ? Il pourrait venir vous rendre visite. Il est très sympathique.

Elle lui prit le bras et l'emmena loin de Tuareg.

Lisa jeta un coup d'œil derrière elle avant de hausser les épaules. Cela valait peut-être mieux qu'elle soit occupée et qu'elle laisse ses tristes pensées de côté.

— Lisa, voici Hamid. Hamid, Lisa est une photographe célèbre. J'ai l'un de ses livres à la maison.

Jeppa fit les présentations et les incita à échanger leurs coordonnées.

La jeune photographe sourit poliment. Hamid semblait avoir son âge et partait suivre une spécialisation en médecine. Il lui demanda son adresse et lui assura qu'il l'appellerait dès qu'il serait installé. Puis, il alla rejoindre un de ses amis et elle se retrouva seule. Elle chercha Tuareg des yeux mais ne le vit nulle part. Etait-il déjà parti ? Combien de temps cette réception allait-elle encore durer ?

Le lendemain matin, Lisa eut du mal à quitter sa chambre tellement les larmes coulaient sur son visage. Elle avait beau s'essuyer les yeux et s'apprêter à partir, la réalité de devoir dire adieu la rattrapait et ses larmes jaillissaient de plus belle.

— Bon sang, reprends-toi ! se sermonna-t-elle.

Elle pourrait toujours écrire à Yasmin et avoir des nouvelles de Tuareg par son intermédiaire.

Ce n'était qu'une passade. Une fois de retour à la maison, elle allait l'oublier dès qu'elle se replongerait dans ses activités.

Mais il ne s'agissait pas seulement de Tuareg, même si c'était celui qui lui manquerait le plus.

La seule pensée de devoir dire au revoir à tout le monde lui déchirait le cœur.

Prenant une profonde inspiration, elle ramassa son appareil photo et son sac et sortit de sa chambre.

Elle remercia son hôtesse, retenant les larmes qui menaçaient de couler sur ses joues.

On la conduisit à l'aéroport en limousine. Tout en regardant les immeubles de la ville défiler sous ses yeux, elle regretta de ne pas avoir pu passer ses derniers jours dans le pays à prendre des photos, comme elle l'avait prévu. Peut-être reviendrait-elle un jour pour photographier la ville et voir le réservoir construit ?

Une fois arrivée à l'aéroport, elle trouva rapidement ses collègues. Ils enregistrèrent leurs bagages, passèrent la sécurité et attendirent devant la porte d'embarquement.

Tout le monde faisait triste mine. Enfin, leur avion fut annoncé et ils firent la queue pour embarquer.

Jetant un dernier coup d'œil autour d'elle, Lisa sentit son cœur battre la chamade : Tuareg avançait à grandes enjambées dans sa direction. Finalement, il était venu !

Elle sortit rapidement de la file.

— Vous êtes venu…, dit-elle au moment où ils se rejoignirent.

— Je ne pouvais pas vous laisser partir sans vous dire au revoir.

— Merci pour tout…

Elle ne pouvait rien dire de plus. Elle sentit sa gorge se serrer. Malgré elle, des larmes emplirent ses yeux et se mirent à couler sur ses joues.

— Oh, Lisa ! Ne pleurez pas. Vous me brisez le cœur.

Il la prit délicatement dans ses bras, la serrant contre lui tandis que ses larmes continuaient de couler. Elle se sentait en sécurité, comme toujours quand elle était dans ses bras.

— Ne partez pas, dit-il doucement.

— Comment ? demanda-t-elle en posant son front contre son épaule.

Elle respirait son parfum, se souvenant de leur première rencontre dans les ruines de la vieille maison, quand il l'avait protégée de la fureur de la tempête.

— Restez avec moi. Ne partez pas.

Elle n'avait pas dû bien entendre. Elle avait toujours eu une imagination très fertile. Et maintenant, elle s'imaginait ce qu'elle rêvait d'entendre !

Lentement, elle s'écarta de lui jusqu'à ce

qu'elle puisse voir son regard, sombre et triste, qui lui déchira le cœur. Une nouvelle annonce pour l'embarquement fut faite, mais elle était incapable de bouger.

— Epousez-moi, Lisa. Restez avec moi à Moquansaid. Publiez votre livre, trouvez de nouveaux sujets, mais ne partez pas ! Vous pourrez photographier l'intérieur de tous les immeubles que possède ma famille. Prendre des photos de toutes les habitations de la ville…

Elle posa son index sur sa bouche.

— Tuareg, êtes-vous devenu fou ?

— Je serais fou si je vous laissais partir. J'ai compris cela la nuit dernière. Quand Jeppa vous a présenté Hamid, j'ai été frappé par la pensée que vous pourriez aimer quelqu'un d'autre. Je ne pourrais pas le supporter. J'ai aimé Nura, vous le savez. Mais je vous aime différemment, passionnément et pour toujours. Ma mère et Jeppa ont soupçonné mes sentiments bien avant moi. Je pensais être infidèle vis-à-vis de Nura si je trouvais une autre femme. Mais Nura était une femme généreuse. Elle m'aimait et voulait mon bonheur par-dessus tout.

— Je ne lui ressemble en rien, déclara Lisa.

— Et je ne le veux pas. Vos yeux changent de couleur. Maintenant, ils sont gris argent.

Parfois, ils sont bleu ardoise. J'essaie toujours de deviner ce qui les fait changer de teinte. Je pourrais passer le reste de ma vie à tenter de percer ce mystère.

— Vraiment ?

Elle commençait à sourire.

— Ils sont en train de virer au bleu, déclara-t-il. Et votre sourire est contagieux. Je ne peux pas imaginer le reste de ma vie sans vous. Dites-moi que vous allez m'épouser. Si vous n'aimez pas Moquansaid, nous pourrons trouver un autre endroit qui nous plaise à tous les deux.

— Mais j'aime Moquansaid. J'adore le désert. Et je désire plus que tout au monde vous épouser ! Habiterons-nous dans votre tente ?

Le cheikh éclata de rire, la souleva du sol et la fit tourner dans ses bras. Des passagers s'arrêtèrent pour les regarder. Le guichetier fit un dernier appel.

Tuareg répondit en arabe.

— Quoi ? demanda Lisa en regardant par-dessus son épaule.

Ils étaient en train de fermer la porte d'embarquement.

— Mon avion, je vais rater l'avion !

— Et alors ? Vous voulez toujours m'épouser ? Nous irons à Seattle dans quelques jours pour récupérer vos affaires et les rapatrier ici. Laissez cet avion partir. Il y en aura d'autres.

Elle le regarda attentivement.

— Vous êtes sûr ?

— Que je vous aime ? Oui. Vous me fascinez. Vous m'enchantez. Et vous me rendez fou de désir. Dites-moi que nous allons nous marier rapidement.

Lisa éclata de rire à son tour. Les larmes séchèrent sur ses joues, et son cœur se gonfla de bonheur.

— Je n'ai aucune famille, seulement quelques amis qui pourraient sûrement venir assister à la cérémonie. Nous n'avons donc aucune raison d'attendre et toutes les raisons de nous dépêcher.

— Ah ! Et pourquoi cela ? demanda-t-il.

— Je veux que nous passions notre lune de miel sous la tente et nous devons en profiter avant que l'eau ne monte. Oh, Tuareg, je t'aime tellement !

Il l'attira contre lui et l'embrassa passionnément.

Épilogue

Lisa se tenait sur le rivage et regardait la vaste étendue d'eau devant elle. Le soleil brillait, comme à son habitude. Le léger souffle d'air suffisait à troubler la surface du réservoir. Elle ne parvenait pas à voir l'autre extrémité du lac artificiel. Malgré les réserves qu'elle avait eues à la pensée des ruines maintenant englouties, le paysage était magnifique.

Elle leva son appareil et prit une photo. Bientôt, de nouvelles cultures et des arbres pousseraient, alimentés par le réservoir. Elle se retourna et parla avec hésitation à la femme à qui elle était venue rendre visite. Il s'agissait de l'une des nomades qu'elle avait vue l'été dernier. Son arabe était encore imparfait, mais elle s'entraînait quotidiennement à parler avec toute sa nouvelle famille, acceptant leurs rires quand elle se trompait.

Cela lui était égal. Elle les appréciait tous et

ils semblaient l'aimer en retour. Elle avait trouvé sa place dans le monde et aimait chaque aspect de sa nouvelle vie.

— Que pensez-vous de toute cette eau ? demanda-t-elle.

La femme regarda les cultures qu'ils avaient plantées et qui commençaient déjà à pousser.

— C'est différent. Mais c'est une bonne chose. Les hommes ont travaillé dur. Nous aimons voyager, mais maintenant, nous voulons rester ici.

Lisa prit une photo des rangées de maisons bien parallèles. Baissant son appareil, elle sortit de son sac une photo de la femme et de ses enfants qu'elle avait prise lors de sa première visite. Elle l'avait encadrée. Elle la lui tendit et sourit en voyant l'expression d'émerveillement sur son visage.

— Je la mettrai dans un livre qui sera publié l'année prochaine, déclara Lisa.

— Merci, lui dit la femme en s'inclinant cérémonieusement et en lui souriant.

Puis elle désigna le ventre arrondi de Lisa et ajouta :

— Je vous souhaite beaucoup de bonheur.

Dans un mois, elle donnerait naissance à son premier enfant. L'enfant de Tuareg ! Elle sourit.

— Je suis déjà très heureuse, mais mon bonheur sera complet à la venue de ce bébé.

— Que dis-tu ? demanda Tuareg en s'approchant des deux femmes.

Elle frissonnait toujours chaque fois qu'elle le voyait. Elle avait du mal à croire que cela faisait un an déjà qu'ils étaient mariés.

— Je parle de notre bonheur, répondit-elle simplement.

Elle savait qu'ils n'en manqueraient pas tout au long de leur vie.

HARLEQUIN

PROCHAIN RENDEZ-VOUS LE

15 juillet 2009

collection Horizon

UNE PRINCESSE AMOUREUSE, de Cara Colter • n°2225

Durant la cérémonie qui doit l'unir à un homme choisi par son père mais qu'elle n'aime pas, Shoshana, princesse de Ranasha, s'enfuit. Elle elle croise alors la route de Jake Ronan, un agent de sécurité qui, la croyant menacée, la conduit dans un endroit secret, où ils vont devoir passer plusieurs jours en tête à tête...

PLAY–BOY OU PAPA ?, de Susan Meier • n°2226

Afin de renflouer au plus vite les caisses de sa société, Audra accepte un poste de nounou à plein temps chez Dominic Manelli, un riche héritier devenu tuteur de son neveu orphelin. Hélas, elle ne tarde pas à déchanter car son employeur semble davantage prêt à la séduire qu'à assumer pleinement son rôle de "père"....

AMOUREUX SOUS CONTRAT, de Jessica Hart • n°2227

Epouser le richissime Torr McIver a été, pour Mallory, le meilleur moyen d'éviter la ruine après l'abandon de son compagnon. A condition toutefois que cette union de pure convenance reste chaste, une disposition sur laquelle son époux, après quelque temps, semble vouloir revenir...

PASSION TEXANE, de Diana Palmer • n°2228

Amoureuse de Kingman Marshall, un rancher de dix ans son aîné, Tiffany rêve depuis son adolescence de devenir sa femme. Mais celui-ci, hélas, n'a pas l'intention de s'engager, même s'il ne cache pas le désir qu'elle lui inspire. Comment sortir de cette impasse ?

Attention, numérotation des livres pour le Canada différente : n° 943 au 946.

www.harlequin.fr

Composé et édité par les
éditions Harlequin
Achevé d'imprimer en mai 2009

CPI
Bussière

à Saint-Amand-Montrond (Cher)
Dépôt légal : juin 2009
N° d'imprimeur : 90722 — N° d'éditeur : 14322

Imprimé en France